ハーレクイン文庫

この恋、揺れて…

ダイアナ・パーマー

上木さよ子 訳

HARLEQUIN
BUNKO

THE CASE OF THE CONFIRMED BACHELOR

by Diana Palmer

Published by Harlequin Japan, a Division of K.K. HarperCollins Japan, 2025

この恋、揺れて…

◆主要登場人物

タバサ・ハーヴィ……………人類学者。愛称タビー。
ヘレン・リード……………タビーの親友。ラシター探偵事務所の調査員。
ダニエル・マイヤーズ………タビーの婚約者。
ニック・リード……………ヘレンの兄。ラシター探偵事務所の調査員。
デインとテス・ラシター……ラシター探偵事務所の所長夫妻。

1

春も遅い、もの憂い日のことだった。ニック・リードはふたたびそわそわしてきた。ヒューストンにあるデイン・ラシターの探偵事務所での仕事も、はじめのうちは刺激的でおもしろかった。だが、開けはなした窓のむかいの公園から、放浪に出ておいでと誘惑の声が聞こえてきた。

ひどく身ぎれいな娘が、小さなふわふわした犬を連れて散歩しているのが目にとまり、ニックはほほえんだ。つんとした姿がタビーを思わせる。

タバサ・ハーヴィ。過去の亡霊。ニックは椅子の背にもたれて思った。ここ数カ月、タビーのことは考えないようにしていたが、それというのも去年妹のヘレンとともに私用で生まれ故郷のワシントンDCの家に帰ったとき、あることが起きたからだ。あれは大晦日《おおみそか》で、タビーはニックたちと一緒にいた。ヘレンとは大の親友なので、当然といえば当然か。

三人はそろってあるパーティに出かけた。

その晩ニックは、タビーのなみなみならぬ興味のまなざしを感じた。ニックもタビーも、パンチを何杯も飲んでいた。だが、タビーはパンチに強い酒が入っているのを知らなかった。彼女はニックを人けのない部屋へ連れ出すや、なんとキスを始めたのだ。

ニックの口にはいまでも、不慣れだが熱く震えるタビーの唇の感触が残っている。つかの間、ニックは夢中でキスに応《こた》えた。だがすぐにキスをやめさせると、彼女に理由を問いただした。

タビーはほろ酔い気分で説明を始めた。あなた、わたしに会うために帰ってきたんでしょう。やっと腰を落ちつける気になったのね。ふたりでしあわせになりましょう。そして、アルコールのかすみに包まれて、夢見るようににっこり笑ったのだ。

そんな突拍子もないことを、いったいどこから思いついたんだ？　こっちがタビーにロマンチックな想《おも》いを抱いたことがあるとしても、それは昔のこと。あまりに唐突なことばに、ニックは愕然《がくぜん》として怒りだした。そして痛烈にあてこすったので、タビーは逃げ出した。ニックはヘレンと家に戻り、ヒューストンに戻る支度をした。ヘレンにはなにがあったか話さなかったが、おそらくタビーから聞いているだろう。あれきりタビーとは口をきいていない。ひどいことを言ったのを、後悔していないわけではなかった。ただ、謝るのが苦手なだけだ。

ニックが自分の部屋で、苦い顔で思い出にひたっていると、ヘレンがノックして入ってきた。

「ねえ、考えてくれた？」返事をせがむ。

長くたくましい脚で床をけり、椅子の向きをデスクのほうに戻すと、ニックは妹をにらんだ。窓の光に、彼のブロンドの髪が金色に輝く。ヘレンと同じ黒褐色の瞳は、目つきがけわしい。

「ああ」

「じゃあ、やってくれるのね？」ヘレンはにっと笑い、小妖精《ようせい》のような顔から長い髪をかきあげた。

「考えることは考えたが、こたえはノーだ」

とたんにヘレンががっかりする。「ニック！　お願いよ！」

「だめだ」ニックはきっぱり言った。「この情報は、もっとほかの方法で手に入れるんだな」

「血は水よりも濃し、って言うじゃないの」ヘレン・リードは食いさがった。「たったひとりの妹の頼みよ。ふたりきりの家族じゃないの。ねえ、ニック、兄貴ならやってくれなくちゃ！」

「そこまでの義務はないね」ニックは頭にくるほどすずなくあしらうと、にやっとした。

ヘレンはときどき、ニックを縛り首にしてやりたいと思うことがある。でも、この世で頼れるのは、婚約者のハロルドのほかにはニックだけだ。

「ラシター探偵事務所で、ＦＢＩにいた経験があるのは兄さんだけじゃないの。あっちこっち、肝心なところに知り合いがいるんでしょう？　ねえ、電話一本ですむんだから」ヘレンはねばった。

長くてまっすぐな茶色の髪に、繊細な顔だちのヘレンが、大きな目でニックを見つめる。彼がブロンドなのをのぞけば、ふたりはそっくりだった。強情そうなあごの線も、すっと通った鼻筋も、生気あふれる黒褐色の瞳も、みんな同じ。ただ、ニックのほうがヘレンよりも、自分をうちに秘める傾向が強い。ワシントンＤＣでふたりがまだ子供だったころも、ヘレンがビジネススクールに通いニックがＦＢＩに勤めていたころも、それは変わらなかった。

ニックは以前は仕事柄旅行がちで、何カ月、あるいは何年と、妹に顔を見せないこともあったが、リチャード・デイン・ラシターの誘いを受けてから生活が変わった。デインとはある事件がきっかけで知り合ったのだが、当時まだテキサス州騎馬警官だったデインはその直後に撃ち合いで重傷を負った。やがて彼は私立探偵事務所を開き、ＦＢＩにいたニックを引き抜いたというわけだ。ニックはそのとき、二年間のビジネススクールの経験が強みのヘレンを助手にしようと提案した。ヘレンはさっそく兄のもとに飛んだ。両親亡きいま、たったひとりの身内のそばにいられるのがうれしかったのだ。

しかし、幼いときからずっと仲がよかったタバサ・ハーヴィと離れるのは、最初のうちひどくつらかった。彼女とはいまも連絡をとり合っている。もっとも、タビーはニックの様子だけはきいてこない。なにか兄といやなことがあったらしい。

「断る」ニックがふたたび言った。「FBIに電話はしない」

ヘレンはほっそりした手を握り合わせ、にやっとした。「デインに言っちゃおうかな?」

「なにを?」

「デインに言われて張り込みをするはずが、ものすごいブロンド美人と遊んでいた、って」

「言えばいいさ。彼女はおれの連絡相手だ。おれは仕事中に遊ぶようなことはしない」

「でも、兄さんはよく遊んでいるわよね」ヘレンは急に真顔になった。「女の人と絶対にまじめなつきあいをしないんだから」

ニックは肩をすくめた。「冗談じゃない。パイプをくわえて、スリッパをはいて、子供に囲まれてなんて、柄じゃないさ。おれはあちこち飛びまわって、危ない仕事をして、張り込みがないときに、たまにブロンド美人と遊ぶのが好きなんだ」

「もったいない」ヘレンはため息をついて、にっと笑った。「兄さんには、結婚式の紙吹雪が似合うと思うんだけどね」

「こんな男、だれが結婚したがる?」ニックはにやりと笑った。

ヘレンはタビーの名前を出すまいとこらえた。前に一度そうしたら、ニックがまっ赤になって怒ったのだ。親の家のことで、ワシントン郊外の小さなトーリントンの町に帰ったあの大晦日以来、ニックはタビーに会っていない。タビーは二年前に父を亡くしたあとも、親の家に住んでいた。リード家の隣だ。ニックは、たったひと晩のワシントン滞在中にタビーともめたことを口にこそ出さないが、それ以来タビーの名前にはひどく敏感になっていた。

「パパの家を借りてた人たちが出ていったわよ」ヘレンはだしぬけに言った。「わたし、こんどは後始末に行かれないわ。兄さん、行ける?」

ニックの表情がこわばった。「どうして行かれないんだ?」

「だって、婚約してる身だもの」ヘレンはいらだたしげにこたえた。「兄さんにはいないじゃない。それに、もうすぐ休暇をとるんでしょ? 一石二鳥よ」

「それもそうだが」ニックはしぶしぶ言い、一瞬、瞳が陰った。それから妹の背後を見て、眉をさっとつりあげた。「ボスが来る。早く消えないと、失業者名簿に名前が載るぞ」

「兄さんこそ、ロールパンにのっかればいいんだわ。切り身になってね!」ヘレンはくすくす笑った。

ニックはぶらぶらとデインのほうに近づいた。

「もめ事か?」デインはニックを見てからヘレンを見た。

「とんでもない。食べ物の話をしてただけよ」

「ほう。ところで、スマートの調査はどうなった？」

ヘレンは顔をしかめ、情けない声を出した。「ひとつだけ、どうしても情報が手に入らないの。ケリー・スマートはほんの短期間ＦＢＩにいたんだけど、そのことになると、みんな口が固くて」

「兄貴にきけばいいじゃないか。ニックならＦＢＩに知り合いも多い」

「だから、わたしは兄を切り身にしてロールパンにのせたいわけ」ヘレンは甘ったるい声で言った。「頼んでも、電話してくれないんだもの」

「まあ、強制はできないな」デインが言う。「ニックはＦＢＩ時代のことは話さないだろう？　だれとも連絡をとりたくないのかもしれない」

「かもね。しかたがないから、アダムズにおすがりします。ひとりふたり、友だちがいたはずだから」

「よし」

「ところで、テスと赤ちゃんは元気？」

「テスは元気だが、赤ん坊はちっとも寝やしない。医者の話だと、いつかは寝るそうだがね」デインは期待するように言った。「当分は、親子のふれあいが増えるということさ。こっちは赤ん坊につきあって徹夜するんだから」

「楽しんでるくせに」ヘレンが言う。

「たしかにね。家族がいなくなることを考えたら、酸欠になるほうがよっぽど楽だ」

「筋金入りの独身主義者がこれだものね」ヘレンは首を振った。「ああ、大いなる堕落よ！」

「口に気をつけないと、余剰労働者のレッテルをはるぞ」デインはヘレンをおどした。

「あら、ご冗談を。その気になれば、ニックより存在価値が出ますわよ。ボスが二、三日休暇をくれさえすれば、FBIに働きに行って、ききたいときになんでもきけるような知り合いを作ってこられますから！」最後はニックにもよく聞こえるように声をはりあげる。でも、効き目はなし。ニックはいやみったらしく会釈すると、部屋を出ていった。

「そのうち、兄貴になぐり倒されるぞ」デインがしみじみと言う。「相手が妹だろうがなんだろうが、ニックはウーマンリブ大賛成だからな。あいつに言わせれば、喧嘩《けんか》も男女平等だそうだ」

「わたしが、そういうふうに仕込んだのよ」ヘレンがすまして言い、デインをおおいに笑わせた。

「きみがそう言ったと伝えよう」

「やめてよ！」ヘレンはぶるっと震えてみせた。「彼ったらこの前なんかハロルドに、わたしが二歳のときにしたことを言っちゃうんだから」

「じゃあ、なるべく会わせないようにするんだな」

「ハロルドも同意見よ！」ヘレンはいたずらっぽく言った。

ヘレンは必要なものをまとめながら、テスや赤ちゃんの顔が見たいと思った。だが、テスがデインと結婚して子供が生まれてからは、ヘレンとテスのあいだに少し距離ができていた。たまに昼食を一緒にすることはあるが、テスはヘレンよりも友だちのキットとのほうが親しい。

アダムズのところへ行くと、じっさい、FBIにはひとり知り合いがいることがわかった。アダムズは電話一本で、ヘレンの求める情報をきき出してくれた。

「すごい早業！　ありがとう！」ヘレンは心から感謝した。

アダムズがせき払いをする。「もし、ハロルドとピザの約束がないようだったら、ビールをおごるけど。デートとかいうんじゃなくてさ。きみが婚約してるのは知ってるから」

ヘレンはほほえんだ。アダムズはいい人だ。体が大きくてぶっきらぼうで、ちょっとおなかも出ているけれど、人はいい。「ありがとう、アダムズ」ヘレンは心から言った。「また、こんどでいい？」

「もちろん」アダムズはさらりと言うと、にっこり笑って部屋を出ていった。アダムズっていつもひとりみたい。ヘレンは少し気の毒になった。でも彼は一度仲よくなると、べったりくっついて離れなくなる。そういうつきあいは苦手だ。もちろん、ハロルドとならべつだけれど。

「で、アダムズとなんの話をしたんだ?」ヘレンが部屋を出ると、すぐうしろでニックの声がした。

ヘレンははっと息をのんだが、やがて笑いだした。「やだ、足音が聞こえなかった」

「あたりまえだろう」ニックがにこやかに言う。「おれは私立探偵だ。気づかれずに近づく練習を積んでいるんだ」

「へえ」ヘレンはにやっとした。「初耳だわ」

ニックはヘレンをにらみつけた。「それが兄にたいすることばかね。ここでなにをしていたんだ?」ニックは主のいないアダムズのデスクを指さした。「アダムズを追っ払っていたのか?」

「まさか! わたし、アダムズが好きよ」

「おれも好きだが、あいつはまるでダニだよ。いったん好かれたら、あいつの頭に火のついたマッチでも押しつけないかぎり、離れやしない」

ヘレンはどっと吹き出した。「ひどーい!」

「だが、ほんとうのことだ。悪いやつじゃないんだが」

「兄さんもほんのときたま、悪いやつじゃなくなるわよ」

「おめあてのものは手に入ったか?」

ヘレンはうなずいた。「おかげさまで!」

ニックは皮肉を聞き流し、肩をすくめた。「そろそろ、自分で解決することも覚えないとな。おれがいつもそばにいるとはかぎらないんだから」

気になる言い方だった。「ニック……」

「病気で死ぬとかいうんじゃないよ」ヘレンの顔を見たニックは、そう言ってほほえんだ。

「ただ、なんだか落ちつかなくなってきてね。近いうちによそへ行くかもしれない」

「また、放浪の虫が騒ぎだした?」ヘレンがやさしい口調できいた。

ニックはうなずいた。「いつまでも同じ場所にいると、退屈してくるんだ」

「うちに帰ってみたら? 休暇をとって、のんびりするの」

「ワシントンDCで?」ニックは目をむいた。「おもしろいことを言うやつだな」

「ひとつぐらいのんびりできる方法があるわよ。うちは静かな通りにあるんだもの。麻薬の売人はいないし、撃ち合いもなし。あるのは静寂と安らぎのみ」

「くわえて、お隣さんがおまえの仲よしタビーだ」ニックは冷たく言った。

「タビーはもっか大学で一緒の、とってもやさしい歴史学者とつきあってるわ」ニックのまぶたがぴくりと動き、ヘレンは内心愉快だった。「こんどのは真剣かもね。だから、うちに帰っても、タビーから逃げ隠れする必要はないのよ」

「おれたちが暮れに帰ったときは、だれともつきあってなかったじゃないか」まるで、タビーに裏切られたような口調だ。

「それはあのときの話。二、三カ月もたてば、いろいろあるものよ。タビーだって二五だもの、結婚して子供を産む年だわ。もう、いい仕事もあるし、安定した暮らしもしているし」

ニックはこたえなかった。まるでなにかに駆りたてられているような顔だ。じっさい、ニックは駆りたてられた獲物の心境だった。だから、あからさまに話題を変えた。「で、アダムズからきき出せたのか？」さっきの質問をくり返す。

「ええ。これでようやく調査完了だわ。デインはさっき、わたしがどこまで調べ出せたか知りたかったわけ。依頼人が背景を知りたがっていてね。あわよくばそれを利用して、裁判を避けようと思っているみたい」

「なるほど」ニックは指先で、ヘレンの鼻をすっとなぞった。「おれが、捜査局で一緒だった連中と話したがらないのには、それなりの理由があるとは思わないか？」

ヘレンはニックの目をじっと見た。兄はじつにハンサムで、顔の骨格の整ったことといったら、芸術家が飛びつきそうなほど。頬骨が高く、鼻筋はまっすぐ通り、男らしい唇はまるで彫刻のように完璧《かんぺき》だ。

「人の顔をじろじろ見てないで、きかれたことにこたえろよ」ニックが言った。

「ほんとうにハンサムね」ヘレンはにやっと笑った。「パパそっくり。振られた女が、ビルから飛び降りるって騒ぐわけだわ。兄さんがどうしてFBI時代のことを口にしないのか、わたしにはわからないわ。もしかして戻りたいのかなって、思ったけど」

「懐かしくなることはある」ニックは本音を言った。「ほんのときたまね。だが、古傷はさわらないにかぎるんだ。へたにいじると、血が出るからな」

「ええ、まあ、そうね」ヘレンはよくわからずにこたえた。

「よし、じゃあ、サンドイッチでも食べながら、家をどうするか決めよう。借家人を置くのはもうこりごりだよ。手間がかかりすぎる。だから、売ろうかと思っているんだが」

「親の遺産を売っちゃうの？」ヘレンが声を荒らげた。

ニックはため息をついた。「そうくると思った。さあ、行こう。喧嘩はデザートを食べながらだ」

ニックはヘレンをしゃれたシーフードレストランへ連れていった。ハンバーガーでも食べに行くのだろうと思っていたヘレンは、白黒のチェックのブラウスとお古の黒のスカートに、ぼさぼさの長い髪という格好が気になって、入り口でためらった。

「こんどはなんだよ」ニックがいらいらと尋ねた。

「ここに入れるような格好じゃないんだもの」ヘレンは大まじめだ。「もうちょっと安い店に行かない？」

「え？」

「だから、ファーストフードの店よ」ヘレンが説明する。「ほら、プラスチックの入れ物に紙袋、それに発泡スチロールのカップを出すようなところよ」

「そういうのが分解されないごみを増やすことになるのさ」ニックは眉をひそめた。「だめだ。ほら、来いよ」彼はヘレンの腕をつかんでなかに引っ張っていった。そして、優雅な動作でテーブルに着かせ、ふっと笑う。「おまえのピザ好きが極端じゃないことを願うよ。ここじゃピザは出ないんでね」

ヘレンはにやっとした。「じつを言うとね、ハロルドもわたしも、ちょっとピザには飽きてきたの」むかいに腰をおろすニックに告白する。テーブルでは、ガラスのほやをかぶせたキャンドルに火がともっていた。蝋燭《ろうそく》のともしびといい、控えめな音量で流れるクラシックといい、温かい雰囲気の店だ。

「客をもてなす店は好きだね」ニックが言った。「昔ながらのもてなしと、うまい料理。この店にはその両方がある」

ニックが言い終わらないうちに、ほっそりしたブロンドの女性がテーブルの横に現れ、ふたりにメニューをさし出した。彼女はアントレを選ぶ前にとりあえずコーヒーを注文するニックの顔から、目が離せないようだった。

「ありがとう、ジーン」ニックが温かい声で言う。

彼女はにっこりほほえむと、ヘレンをちらっとうらやましそうに見てからさがった。

「兄さんが好きなんだわ」ヘレンは言った。

「知ってる。おれも彼女が好きだ。だが、それだけさ」ニックは興味津々なヘレンの顔を、ひどく真剣なまなざしで見返した。「縁結びはやめろ。他人の人生をかえって面倒にするだけだ」

あらま、ずいぶんしんらつな言い方だこと。「なにかほのめかしてるの？」ヘレンは静かにきいた。

「この前うちに帰ったとき、おまえは年越しパーティでおれをタビーとくっつけようとした。おまけにこっちにはなんの断りもなく、彼女に、おれがデートのためにわざわざヒューストンから飛んできたと思わせた」

ニックがこの話題を持ち出すのは、これがはじめてだ。兄の口調にヘレンは気がとがめ、むりもないと思った。「そのぐらい、かまわないと……」ヘレンは言い訳を始めた。ニックがさえぎる。「タビーはなにを思ったか、おれが心を入れ替えて、彼女とつきあいたがっていると思い込んでいたんだぞ」ニックは非難のまなざしで、語気も荒く言った。「やぶからぼうにそんなことを言われて、こっちは過剰反応さ。泣かせてしまったよ」ニックの表情がいっそうけわしくなる。「タビーとは長いつきあいだが、彼女が泣くのを見たのははじめてだ。あれにはまいったよ」

ニックをよく知るヘレンは、なにがあったのか容易に想像がついた。「また、短気を起こしたのね」

「だから、寝耳に水だと言っただろう？　人類学の教授が新しい出土品を調査してるとかなんとか言ってたのが、急に将来の話に飛ぶんだから」

「パンチにお酒が入ってたのよ。わたし、知らなくて、タビーに二杯も飲ませちゃった」

「ようやくおれも、彼女はへべれけだとわかったがね、急に愛の告白をされて動転したよ」ニックは落ちつかない様子で、両手をポケットに突っ込んだ。「まったく、うろたえたね。タビーはかわいい女性だが、タイプじゃないんだ」

「じゃあ、だれがタイプなのよ」ヘレンが切り返す。「兄さんに比べたら、そこらの独身男性が結婚何十年のやわなおじさんに見えてくるわ。タビーが相手でありがたいと思いなさいよ」

「相手がおれじゃ、タビーのほうがかわいそうだ」ニックもやり返す。「こっちだって、柵《さく》をめぐらした小さな家で暮らすために貯金してるわけじゃない。おれはヨットで世界をまわりたいんだ。あちこち探検したいんだ。それまでは、まあ、少し飽きてきたが、調査員の仕事を楽しむよ」

「タビーも調査員なのよ。知ってた？　大昔の謎《なぞ》を解くの。人類学者は古代文明の文化を探って、その役割を考えるのよ」

「二〇〇〇年前のミイラが石棺からむっくり起きあがって、タビーに銃を抜いたりするものか」

「まあね」それはヘレンも認めた。「でも、真実を追うっていうのが、ふたりとも好きじゃないの」

ニックはいらだたしげに首のうしろをさすった。「あんなふうに傷つけて、後味が悪いよ」彼はだしぬけに言った。「きついことを言ったからね」

「でも、もうすんだことだわ。いまはほかの人とつきあっていて、どうも本気らしいから、兄さんも厄介な思いをしないで、パパの家をどうするかゆっくり決められるわよ」

「そうだな」そうは言ったものの、ニックはタビーと顔を合わせるのは気が進まなかった。自分のした仕打ちがひどく気になっているし、むこうもこっちの顔は見たくないだろう。タビーはニック同様自制心を失うのを嫌う。いまごろ、ニックに言われた痛烈なことばだけでなく、自尊心に欠けた自分自身の振舞いにもひどく傷ついているはずだ。あのときのことなど、彼に劣らず忘れたいと思っているだろう。

「すべてうまくいくわよ」ヘレンがやさしく言う。

「おまえの口癖だな。だが、うまくいかなかったら、どうする?」

「まったくもう、もっと明るく考えなさいよ!」ヘレンはたしなめた。「飛行機のチケットを買って、ワシントンDCへ帰るのよ」

「そうだな。だが、まだすっきりしないよ」

二日後、ニックはデイン・ラシターから休暇をもらい、トーリントンのオーク通りにある、父が残してくれた古い家へ向かった。

ここは昔と変わらない。ニックはレンタカーをのんびり走らせながら思った。樫《かし》の木はニックと同じように少し年を増したが、通りはここに住む多くの年配の住人のように、静かな威厳をたたえている。

ニックは正面の壁がのっぺりした、赤煉瓦《れんが》の家に目をやった。ヘレンと一緒に子供時代を過ごした家だ。壁ぎわの低木は花を咲かせ、すでに花の盛りを過ぎたハナミズキや桜の木は、緑に変わっていた。気候は暖かく、なにもかもが青々と安らいで見える。自分がこんなに疲れていたとは、まったく意外だった。休暇をとるのにはかなり抵抗があったが、やはりこうしてよかったのかもしれない。

きょうは金曜日で時間も早いので、タビーはまだ帰っていない。だが、ニックの心には彼女の姿がありありと見えた。腰まで届く茶色の長い髪を揺らし、学校帰りにこの家の前を歩きながら、大きな黒褐色の目でニックの姿をどこまでも追ってくる。タビーは背が高くやせていて、体の線も貧弱だ。それは昔もいまも変わらない。だが、かつて風に吹かれてなびいていた長い髪は、いまやきゅっと小さくまるめられている。化粧は薄く、流行のものを着てはいるが、セクシーな格好とは無縁だ。体つきは十代のころのままに細いばかりで、恋人でなければ、あの体にはそそられないだろう。かわいそうに。ニックはタビーを気の毒に思い、同時に、ヘレンが年越しパーティで画策して、タビーにあらぬ期待をもたせたことに腹をたてた。

たしかに、タビーのことは妹のように思っているが、それはそもそも、むこうから兄ぐらいにしか思われていないと感じたからだ。タビーはニックとの深い関係を望むそぶりなど見せたことがなかった。それがあの大晦日に一転したわけだが、あれは酒の上でのことだ。もしかしたら、いまつきあっているとかいう同僚がタビーを愛して、しあわせにしてくれるかもしれない。そうなってほしいものだ。

ニックは窮屈な家に閉じこめられる人生はまっぴらだった。こんどは国際警察機構《インターポール》に入るか、カリブ海の島で税関の検査官にでもなろうかと思っている。平穏無事な生活なんて息がつまる。

ニックは敷地に入って車を停《と》め、そのまま長いことじっと父の家を眺めていた。わが家。これまで、自分の家に帰るというのがどういうことか、考えたこともなかった。縛られるのはいやなくせに、わが家の敷地に車を停めて喜んでいるなんて、じつに妙だ。わが家にたいする思い入れなど、クリスマス休暇以来心に巣くっているむなしさと同様、ニックにはなじみのないものだった。孤独を感じるなど、かつてないことだ。刺激的で充実した生活を送っているのに、どうして人生の大切ななにかを逃がしているような気がするのだろう?

玄関の鍵《かぎ》を開けてスーツケースをなかに運び込むと、木造の部屋の香りと、ニスや芳香剤のにおいがした。借家人が出ていってからは、人を雇って週に一度掃除を頼んでいる。両親のものは大切にして、ニックやヘレンの子供時代のままに置いてある。なにもかもが昔のまま。においも眺めも、少年のころと変わらない。慣れ親しんだものというのは、安心感を呼び起こすのか。

ニックは顔をしかめ、寝室が三部屋ある二階へと通じる階段の手すりを見た。年月を経た木製の手すりに長い指を触れ、なにげなく撫《な》でてみる。はじめはこの家を家具つきで売りに出そうかと思ったが、はたしてそれでいいのか、いまは自信がない。

夕方になるにつれて、ニックはますます自信がなくなった。電気は今週のはじめから入っており、冷蔵庫もレンジもちゃんと使える。コーヒーメーカーは流しの下にしまってあった。必要なものを買いに行って戻ると、ちょうど隣の家に青い小型車が入ってきた。

ニックはたくましい腕に買い物袋をふたつ抱え、玄関前の階段で立ち止まって、車から降りてくる女性を見つめた。だが、彼女は振り向きもしない。堂々とした、作法にかなった身のこなしで玄関に向かい、あらかじめ手に持っていた鍵を使って家のなかに消えた。

ニックは家に入るとコーヒーをわかし、それからステーキを焼いてサラダを作った。夕食を食べながら思うのは、タビーにまるっきり無視されたことばかりだった。敷地に車が停まっているのも、ニックが玄関に向かうのも見えたはずだ。なのにタビーはこちらを見ようとせず、声のひとつもかけてこなかった。

ニックはどっと沈み込み、大晦日にタビーとのあいだに壁を築いたことをますます後悔した。タビーとは昔からの友だちだ。ほとんど家族といってもいい。のんびりくつろいで、一緒に過ごした子供時代の思い出話でもできたらいいのに。だが、タビーはいま、おれとは口をききたくないだろう。

ニックは食事を終えると皿を洗い、それから推理小説を片手に居間で腰をおろした。テレビはつながっていない。べつに見なくてもかまわなかった。近ごろのテレビは二四時間休みなく放送し、番組も多すぎて、ここまでくると娯楽過剰だ。ときどき、ひっきりなしの電波攻撃が気に障ってくると、ニックはテレビを消して読書をする。アガサ・クリスティが生んだ、かのエルキュール・ポワロが言うところの、〝灰色の脳細胞〟にみがきをかけるには、なんといっても本を読むのがいちばんだ。

やがてニックがミステリーにどっぷりひたっていると、玄関のノッカーを叩《たた》く音がした。だれだろうと思いながら、ドアを開ける。

タビーだった。笑顔のかけらもなく、髪はひっつめにしてうしろでまるめ、眼鏡は鼻にずり落ちたまま、心配事でもあるような疲れた顔をして立っている。白いブラウスにこざっぱりしたスーツは、きょう一日着ていたものらしい。夜の九時だというのに、まだ着替えもしていない。

「やあ」ニックは急に心が晴れ、にっこり笑った。

だが、笑顔は返ってこなかった。タビーはおなかの前で、ぎゅっと腕を組んでいる。

「お邪魔したくなかったんだけど」彼女は硬い口調で言った。「でも、ほかに探偵の知り合いなんかいないから。あなたがきょう帰ってくるなんて、神様の思《おぼ》し召しかと思ったわ」

「へえ、どうして?」ニックがきき返す。

タビーはのどをごくりと鳴らした。「わたし、盗みの疑いをかけられているの」一瞬下唇が震えたが、タビーはすぐにぐっと抑えた。自尊心が傷つきながらも、いっそう顔をきっとあげる。「わたしはなにも盗《と》っていないし、まだ告発されたわけじゃないけど、紛失した古代の遺物に近づけたのはわたしだけなの。シュメール帝国の時代のものらしい楔形《せっけい》文字を刻んだ、小さなつぼなんだけど、みんなはわたしが盗んだと思っているの」

2

深い金色をしたニックの眉が、いぶかしげにあがった。「泥棒？　一六のときにフォーブスおじさんが落とした一ドルを、二ブロックさきまで届けたきみが？　人間、九年間でそこまで変わらないよ」

タビーはふっと力が抜けたようだった。「信じてくれてうれしいけど、わたしがやっていないという証拠がいるのよ。もし、二、三日いる予定だったら、あなたを雇うから、疑いを晴らしてほしいの」

「雇うだって！」ニックはかっとなった。「タビー、雇わなくても、きみの頼みぐらい聞いてやるよ！」

「これは、ちゃんとした依頼よ」タビーはきっぱりと言った。「わたしにだってそのぐらい余裕があるわ。昔なじみにつけ込む必要なんてないんだから」

「また、ずいぶん小うるさいことを言うもんだな」ニックは黒い瞳をきらめかせ、しげしげとタビーを見た。「なかに入って、話を聞かせてくれ」

「それは、ちょっとだめよ」タビーはまるでそこらじゅうの家から見られてでもいるかの
ように、そわそわとあたりを見まわした。
「なぜ？」
「もう遅いし、家にはあなたしかいないからよ」
ニックはぽかんと口を開けてタビーを見つめた。「本気か？　いいから、入れて。スー
ツを着た女なんかと、セックスしたりはしないから」
タビーの頬がぱっと燃えあがる。「ちょっと、やめてよ！」
ニックは肩をすくめた。「仰せのままに」そして、広い胸の前で腕を組む。シャツの胸
もとが開いていて、金色の胸毛がのぞいている。さっと視線をそらしたところを見ると、
タビーには刺激が強すぎたらしい。
「あしたお暇だったら、お昼でも食べながら聞いてもらおうと思っていたんだけど」
ニックは大げさにあきらめのため息をついた。「わざわざそんなことをしなくたってい
いよ」彼は横に手をのばして、ポーチの明かりをつけた。それからタビーをポーチの階段
に誘い、まんなかの段にきちんと座らせて、自分も隣に腰をおろした。「さあ、こうやっ
て明るいところにいれば、ご近所の皆さん方にも、おれたちがすっ裸じゃないのがよく見
える。これで気がすんだか？」
「ニック！」タビーは激怒した。ニックにちゃかされて、こっちの心はまっぷたつなんて、

性にも傷がつき、へたをすれば将来のキャリアまで危ういという状況だった。昔となにも変わらないじゃないの。もっとも、いまや心だけでなく、タビーの誠実な人間

ニックはタビーのあごに指をかけてこちらを向かせた。彼の瞳には、もう冷やかしのまなざしはなかった。「詳しく聞かせてくれ、タビー」

タビーはニックの指の感触に心が乱れ、あごを引いた。「大学でシュメール人の都市帝国について講義するときに、古いシュメールの陶器を見せたの。楔形《せっけい》文字入りの、とてもめずらしいものよ。ふつう、シュメール人が文字を刻んだのは粘土板なんだけど、これは五〇〇〇年前のまま完璧《かんぺき》な形で残っている小さなつぼなの」タビーは身を乗り出した。「ニック、大学はこれを買うのに、ちょっとした大金をはたいているのよ。こんな完璧な出土品はわたしだってこれまで見たことがないし、こんなまれな品はもう二度と手に入らないと思うわ。わたしはちゃんと許可をもらって、講義の視覚教材として使ったの。紛失するなんて、みんな夢にも思っていなかったわ。何千ドルもするのよ！」

「たかが古代の遺物ひとつで？」

「ええ」と、タビーは言った。「わたしの研究室のデスクの上に置いておいたのよ。教室のほうで学生の質問にこたえていたから、そのあとで鍵《かぎ》をかけてしまうつもりだった。でも、五分と離れていなかったのに、戻ったらなくなっていたの。ほかに人もいなかったから、わたしじゃないという証明ができなくて」

「その学生に証人になってもらえないのか？」

「つぼに関してはだめなの。彼女、置いてあったのを見ていないから」

ニックは口笛を吹いた。「証人なしか」

タビーはうなずいた。「ええ、ひとりも」

「つぼを盗む動機のありそうな人間はいないか？」

「あれほどの古代の遺物はかなりの値打ちがあるけれど、そう思うのは収集家だけよ。大部分の学生は、ちょっとめずらしいものぐらいにしか思っていないわ。ほんとうの価値がわかっているのは、教授陣のなかのほんのひと握りね。たとえば、ダニエルとか」

「ダニエル？」

「同僚よ。ダニエル・マイヤーズ。わたしたち……つきあっているの。正直な人よ」タビーはあわててつけ加えた。「誠実すぎて、盗みなんかできないわ」

「盗みをする人間はたいてい誠実さ」ニックが皮肉っぽく言う。「ただ、欲が勝っているだけだ」

「ニック、それはないでしょ？」タビーは文句を言った。「ダニエルのこと、なにも知らないくせに」

「そうだな」タビーがその男のことを弁解するので、ニックは頭にきた。いったい、何者なんだ？　ニックは鋭くタビーを見すえた。「そのダニエルって、どんな男なんだ？」

「とてもいい人よ。離婚していて、もうすぐ一〇歳になる男の子がいるの。ワシントンDCの中心街に住んでいて、わたしと同じ大学の職員よ」

「おれは履歴をきいたんじゃない。どんな男かと、きいているんだ」

「すらっと背が高くて、頭脳明晰《めいせき》な人よ」

「きみを愛しているのか？」

タビーはそわそわした。「そんなに立ち入ったことまできく必要はないと思うけど。職場のことだけでいいはずよ」

ニックはため息をついた。「ほかにきみの面倒を見る人間がいないからだよ。十代のときは、いつもおれが見てやっていたじゃないか」

「昔の話よ。わたしはもう二五よ。保護者はいらないわ。それに、年上といったって、わたしとは五つしか違わないじゃない」

「ほとんど六年違うぞ」

「ダニエルはわたしと結婚したいって」

「もし、ダニエルがきみを愛していないとしたら、その結婚は、きみにどんなメリットがあるんだ？」

「ねえ、引き受けてくれるの？」タビーはいきなり話題を変えた。

「もちろん。だが、ダニエルに邪魔されたくない」

「それは大丈夫よ」タビーはそう言ってから、心のなかで、ただし、とつけ加えた。ダニエルはほんの少し、相手を見くだす傾向がある。きっとニックのことは気に入らないだろう。さらに悪いことに、ニックはすでに彼を嫌っている。微妙な状況になるのは間違いないが、ひとりで心配するのはもうたくさん。タビーはいま味方を必要としており、その場合、妹のヘレンが世界一の探偵と折り紙をつけた、ニックが最適ではないか。「あした、大学へ行ってきみの職場を見ておきたいんだが」

「あしたは土曜日よ」タビーがぼそぼそと言う。

「講義がないから、ちょうどいいんだ」

「ダニエルと買い物の約束が……」

「ダニエルの服を見立ててやるのはまたにしろ」

「服じゃなくて、婚約指輪を買うの！」

ニックは不快そうに目を細めた。婚約指輪を買うなんて気に食わない。どうしてだかわからないが、まったく気に食わない。「べつの日にするんだ。おれは来週の金曜までしかいないんだから」

「今夜、彼に電話するわ」

「よし」

タビーは立ってスカートのしわを伸ばした。ニックも一緒に立って心配そうに顔を曇らせる。

「きみがこんなことをする人間じゃないことぐらい、大学の同僚にはわからないのか？」

「もちろん、わかってるわよ。でも、状況が不利なの。あのとき、研究室には鍵がかかっていたんですもの。開けられるのはわたしだけよ」

そいつは命取りだ、とニックは思ったが、口には出さなかった。「まあ、心配するな。ふたりでなんとか解決しよう」

「わかったわ。ありがとう、ニック」タビーは目をそらしたまま言った。

「礼はいいよ。あすの朝八時に迎えに行く。早すぎるかな？」

タビーは首を振った。「いつも夜明けに起きているわ」

「昔と同じだな。頼むから、雨樋《あまどい》をよじ登って、寝室の窓から入ってきたりしないでくれよ」

タビーは息をのんだ。「あんなことしたのは一度かそこらだし、忍び込んだのはヘレンの部屋よ！」

「きみはおてんばだったからなあ」ニックはしみじみと言った。「草野球でバットを持たせれば、ガンガン打つし、フットボールをやれば最強のタックルになるし、木登りもなかなかのものだった。外見もあまり変わっていない」

タビーは顔をしかめた。「わかってますよ」ため息が出る。「なにを食べたって、一キロも太らないんだから」

「まあ、中年になればそれも変わるさ」

「まだ少しさきだわね」タビーはかすかに笑った。

「ああ、ずっとさきだ。さあ、もう寝ろよ」

「あなたもね。おやすみなさい」


翌朝八時きっかりに迎えに行くと、タビーは花柄のスカートに白いニットシャツ姿だった。ニックもきょうはスラックスに赤いニットのシャツと、くつろいだ格好だ。彼はタビーを見ていやな顔をした。

「いつも髪をそういうふうに、ねじりあげていないといけないのか？　もうずいぶん長いこと、おろしたところを見てないぞ」

「首のまわりが暑くて……」タビーははぐらかすように言った。「おろすのは夜だけよ」

「ダニエルのために？」ニックが皮肉っぽく言う。

「あなたの車で行く？　それともわたしの？」タビーはニックの問いを無視した。

「もちろん、おれのだ」ニックはさげすみのまなざしで、タビーの車をちらっと見た。

「天井に頭がつかえるのはいやなんでね」

「シートを倒せるわよ」

「寝そべって、車の運転ができるか」

「ニック!」

「さあ、行こう」ニックはタビーを大きなセダンのレンタカーへ引っ張っていき、助手席に乗せた。「道を教えてくれ。この街は久しぶりでね」

「そんなにたってないでしょ。FBIをやめるまでここにいたんだから。ほんの四年ぐらいだわ」

「ときどき、ずっと昔のことのような気がするよ」

「ヒューストンって、ずいぶん違うんでしょうね」

「違うのは洪水があることだけさ。あとは、鉄筋ビルと歩道の街だ。そこらの街と変わりない。ワシントンにテキサスなまりを足したようなものかな」

タビーは低く笑った。「街なんて、どこも同じなのね。わたしはあまり旅行しないから。行っても、いまの基準から言ったら、未開地ばかりですもの」

「発掘の場所か?」

「ええ。二、三年前もモンタナのカスター将軍の古戦場で、考古学者や人類学者を手伝って出土品の鑑定をしたわ。それから、アリゾナのホホカムの廃墟《はいきょ》を調べに行ったこともあるし、ジョージアでは一八世紀の小屋を掘り出すのも見てきたわ」

「なかなか刺激的だな」

「あなたには違うでしょうけどね。でも、わたしにとっては心の糧だわ。わたし、オーストラリア先住民の遺跡も調べてみたいし、最近発掘を始めたギリシャやローマ時代の廃墟も探検してみたいの。ペルーのマチュ・ピチュにも行きたいし、メキシコや中央アメリカの、マヤ、トルテカ、オルメカの廃墟も見てみたい」タビーの瞳は興奮に輝いていた。「アフリカや中国にも行きたいし……ああ、ニック、世界じゅうに解明のときを待っている謎《なぞ》があるのよ!」

ニックはタビーの顔を見た。「探偵気取りだな」

「あら、探偵のようなものよ」タビーが反論する。「わたしは謎の手がかりを過去に求め、あなたは現代に求める。調査には変わりないわ」

ニックはふたたび前方に目を戻した。「まあな。見方にもよるけどね」

タビーはつかの間ニックをまじまじと見た。「タバコを吸わないのね。禁煙してるって、ヘレンから聞いたけど」

「もう五週間だ。ときどき吸えなくていらついたけど。事務所全員で、ラシターの禁煙につきあわされたんだ。テスがやめさせたのさ」ニックはにやっと笑った。「あのタバコ好きが、女の言いなりになるんだからな」

「べつに、言いなりになったわけじゃないと思うわ。彼女を愛しているから、喜ばせたかったのよ」タビーは鼻にずり落ちてきた眼鏡を押しあげた。「そこを曲がって」

ニックは駐車場に入り、来客専用の場所に車を停《と》めた。

「研究室は二階よ」

タビーはニックを連れて大きな煉瓦《れんが》造りの建物に入ると、受付の前を通って階段をあがり、史学科と社会学科のフロアに向かった。

「このずっとさきよ。こっちの棟は史学科なの。社会学科はあまり大きくないのよ。いくつか、いい講義もしているけどね」

「人類学は社会学のうちだな」ニックが言った。「おれも大学でひとつ取ったよ。社会学と法律は切り離せないって、知ってたかい？」

「もちろん！」タビーは研究室の鍵を開けた。「このさきにあるのは生物研究室よ。設備改装のあいだ、一時的にここに来ているの。あそこには蛇もいるんだから」タビーはぶるっと震えた。

そのとき、天井の高い廊下に絶叫が響きわたった。「あれも蛇の一種か？」ニックが尋ねる。

「蛇が叫ぶわけないじゃないの」タビーはぶつぶつ言った。「あれはパルよ」

「何者だ？　それともどんなものかときくべきかな？」

「たしかにパルはものだわね。人と類人猿のあいだの〝失われた鎖〟よ。社会学科ではそう呼んでいるわ。狡猾《こうかつ》なるアウストラロピテクス」

「ギリシャ語なんかしゃべるなよ」

「ラテン語よ」タビーが訂正する。「つまりね、パルは猿にしておくには頭がよすぎるっていうこと。監禁しないとだめなのよ。教科書をびりびり破るのが好きだからね。それに、パルがうろついているときに、鍵を出しっぱなしにしておこうものなら、二度と出てこないわ」

「おりに入ってないのか?」

「ふだんは入っているわよ。でも、鍵をこじ開けちゃうの」タビーは笑った。「この前抜け出したときなんか、ちょうど会議室で理事長をはじめ理事会の面々が、昼食会議をしていたの。パルはそこへ入り込んで、みんなにメロンボールやロールパンを、雨あられと投げつけたわけ」

「来賓たちにさぞいい印象を与えたことだろうな」

「たちじゃなくて、来賓はひとり」タビーが言いなおす。「メリーランド選出の上院議員よ。大学は新しい研究の費用をもらいそこねたわ」

「むりもない。ところで、こいつはくだらない好奇心なんだが、それでなにを研究するつもりだったんだ?」

タビーの目がぱっと輝く。「霊長類の社会行動について」

ニックはどっと笑いだした。「それなら費用なしでも、充分研究できたんじゃないか?」

「学長にもそう言われたわ。さあ、ここよ」タビーはドアを開けて、デスクがひとつと椅子が一脚、それに参考図書がぎっしりつまった本棚がひとつだけという、質素だが厳格な雰囲気の漂う研究室に案内した。デスクの上は書類の山で、大学案内も一冊のっていた。「ここにいる人の大半がそうなんだけど、わたしは人類学科のアドバイザーなの。あとはあいた時間に人類学を教えているわ」

ニックは好奇心むきだしでタビーをしげしげと見た。「きみは昔から秀才だった。ときどき、こっちのほうが負けていたよ。おれがなにか知っていても、きみはもう一歩さきを知っているようだった」

「若い女の子の秀才なんて、いいことないわ」タビーは少々しんらつに言った。「でも、豊満な肉体やかわいい顔よりも、頭脳のほうが長持ちするわ」

「べつにきみにおかしなところはないよ」ニックは考え込んで言った。「ただ、もう少し太ったほうがいいな」

「そのうちいつか膨張するでしょ。つぼは、ここに置いといたらなくなったの」

タビーはデスクのまんなかを指さした。

「なくなってから、どのくらいたつ?」

「消えたのはきのうの午後よ」

ニックはうなずいて、ポケットから小さな革のケースを取り出した。「ちょっと調べるから、どこかで本を読むなり電話をかけるなりしてこいよ」

「あなたはなにをするの？」

「デスクから指紋を取ったりして、手がかりを探すに決まってるだろう。つぼが盗まれてから、ほかにこのデスクに近づいた人間はいるか？」

タビーは首を横に振った。

「よし、少しは範囲が絞れるな」

タビーはもっといろいろきこうとしたが、ニックはすでにひとり考えにふけって、調査に没頭していた。タビーは肩をすくめると、部屋を出た。

数分後、ニックは体を起こし、指紋が取れないことにいらだった。デスクの表面がざらざらしていて、完全な指紋が取りにくいのだ。だが、白い紙の上に毛髪を一本見つけ、ピンセットでつまんで小さなビニール袋に入れるとチャックを閉めた。たいした手がかりではないが、もし人間の毛髪なら、ＦＢＩの研究室でこれについていろいろ教えてもらえる。たった一本の毛から、驚くほどたくさんのデータが取れるのだ。それにしても、妙にごわごわした毛だ。そのときタビーが戻ってきて、ニックはすぐに毛髪のことなど忘れると、彼女をまじまじと眺めた。タビーを見たら、なんだか長い旅から帰ったような気がした。じつに心地よい気分だ。彼女といると、放浪への渇望まで姿をひそめる。

「なにかわかった？」タビーが期待してきいた。

ニックは質問されてわれに返った。「いや、あまり。ちゃんとした指紋がひとつも取れなく……」

タビーのうしろから、背の高いしかめっつらの男が入ってきて、ニックはことばを切った。

「こちらはダニエル・マイヤーズ博士よ」タビーがその男を紹介する。濃紺のスーツにワイシャツ、それに、ありきたりなネクタイ。土曜だというのに牧師のような格好をしているところからすると、こいつはつまらないことにこせこせするタイプだな。ニックはかなりはっきりした見当をつけた。

「ニック・リードだ」と、自己紹介する。握手の手は出さなかった。そういえばダニエルのほうも手を出してこない。ニックは、ほうと思った。

「くれぐれも目立たないようにしてもらいたい」ダニエルがニックに注文をつけた。「きみもわかっているとは思うが、こういう盗難事件はソーン大学のイメージにかかわるのでね」

「もちろんさ。おれは、タビーの将来にもかかわるってところも、よく心得ている」

「タビー？」

「彼女のうちとは、ずっと昔から家族ぐるみのつきあいでね」ニックは男に説明してやった。

「なんだか猫でも呼ぶみたいな呼び名だと思わないかい？　ダーリン」ダニエルはそう言って、タビーの華奢《きゃしゃ》な肩に長い腕をまわした。

ニックは飛びかかりそうになるのを、必死でこらえた。自分がこんな反応をするなんて、信じられなかった。タビーは妹のような存在だ。たぶん、保護者の心境になっただけだろう。きっとそうだ。

ニックはチャックつきのビニールの小袋をポケットにしまった。「これは研究所《ラボ》に持っていく。友だちがいるんだ」

「土曜日なのに出ているの？」

「ゆうべ自宅に電話して、むこうで会う約束をしたから、いてくれるはずだけどね」

「まあ、なんだか悪いわね」

「FBI本部へ行く途中に、家まで送ってやるよ」ニックが言う。

すると、ダニエルがふんぞり返った。「いや、その必要はない」彼は硬い口調で言うと、タビーを引き寄せた。「タバサから聞いていると思うが、きょうはふたりで婚約指輪を買いに行くのでね」

「ああ、結婚するつもりらしいな」

「分別ある決断だよ」ダニエルが乱暴なことを言う。「ぼくもタバサもひとり暮らしだ。彼女のあの大きな土地つきの家ならふたりで住めるし、車もローンが終わっているからね」ダニエルはタビーの肩をぎゅっと抱き締めた。「タバサは料理や家のことをするのが好きだから、ぼくはゆっくり本の執筆に専念できる」

ニックは怒りが爆発しそうだった。これは、絶対に爆発するぞ。「本?」

「ふたりの本よ」タビーがダニエルをにらみつけて口をはさむ。「わたしがカスター将軍の古戦場で発見したことをもとに、新しい見解を発表するの」

「それに、ぼくが見つけてきた歴史的事実も盛り込む」ダニエルが口早につけ加える。「ぼくが文法や符号の使い方を見てやらないと、タバサはひとりで書けないからね」

仰天したニックの目がまるくなる。「タビーに文法や符号使いの手助けをするだって? 彼女は七年生のときに学校のスペリングコンテストで優勝して、ソーン大学には奨学金で入ったんだぞ」

ダニエルは足を踏み替えた。「ぼくは英語学の修士号を持っているんだ」水色の瞳が、ニックに猛攻撃をかける。「ミスター・リード、きみはなにを専攻したのかな?」まるで探偵なら高校以下の学歴でもなれると言わんばかりに、愛想よくいやみたっぷりにきく。じつのところ、FBI捜査官は会計学か法学の学位を取得していることが望まれる。ニックは法学を修めていた。だが、それを自慢したことはない。いまもダニエルに意味ありげな軽い嘲笑《あざわら》いは向けても、自慢だけはするつもりはなかった。

「まあ、法律なら少しね」ニックはこたえた。「なんといっても、訓練を積んだ探偵なんだから」

「警察官のようなものだな」ダニエルは見くだすようにうなずいた。「たしか、高卒か、それ同等の学力があればなれるんだったたね？」

ニックの体がこわばった。だが、怒りが爆発する直前に、タビーがあいだに割って入った。

「ダニエル、もう行きましょう。ニック、ほんとうにありがとう。またあとでね」

ニックがぼそぼそとことばを返し、タビーはそそくさとダニエルを廊下に連れ出した。

「ああいう男は嫌いだ」廊下を歩きながら、ダニエルが怒って言う。「わかってるわ」タビーはダニエルをなだめた。

生物研究室の前まで来ると、ものすごい金切り声がした。「それにあの猿も嫌いだ」

「ええ、ダニエル。さあ、行きましょう」

廊下のいちばん奥のドアが開いて、口ひげを生やした小男が出てきたが、彼はダニエルとタビーを見ると立ち止まった。一瞬ばつの悪そうな顔をしてから、タビーに声をかける。

「なくなったつぼだが、見つかったかね？」

「いいえ。だから、私立探偵を頼んで、捜してもらうことにしました」

フラナリー博士は一瞬その場に立ちつくした。「探偵？」

「つぼを捜してもらうだけですよ」タビーは言った。

「もちろん、もちろん」フラナリーはむこうを向いて廊下を歩きだしたが、ふいに振り返り、ぼそっと別れのあいさつをしてからさっきとは反対の方向に歩いていった。「変わった男だ」そとに出たところで、ダニエルが言った。「猿と過ごす時間が長すぎるんだ。このごろは、やることまで猿に似てきた」

「霊長類よ」タビーが訂正する。「よく知ってみると、かわいいものよ。パルでさえね。パルは頭がいいから、いつも面倒を起こすんだわ」

「もしかしたら、フラナリーがつぼを盗《と》ったのかもしれないな」ダニエルが考え込んで言った。「つい最近、家の権利を取り返されたという話を聞いたかい？　経済的に苦しいらしい。あれほどの古代の遺物なら、いくらでも出す収集家がいるはずだ」

「ええ、そうね。でも、フラナリー博士のはずがないわ」タビーは言い張った。「あの人は泥棒じゃなくて、生物学者よ！」

「人間、せっぱつまればなんでもするものだ」ダニエルはさっとタビーの手を取った。「ぼくと結婚してくれるんだろう？　ぼくたちは相性もいいし、きっとすばらしい本が書けるよ。これが第一冊目となって、あとが続くかもしれないな」ダニエルの目が遠くを見るまなざしになった。「本を出すのが、長年の夢だったんだ」

「ダニエル、まさか、一緒に本を書くために結婚するんじゃないでしょうね？」タビーがからかった。

ダニエルはせき払いをした。「もちろん、違うさ。なにをばかなことを」

だが、ばかなことではなかった。ダニエルはどうしてもしなくてはならないときにしかキスをしてくれないし、それもかなりおざなりだ。興奮して一線を越えようとしたことだって、一度もない。花を贈ってくれたり、真夜中に声が聞きたいからと電話をかけてきたこともない。彼が話すことといえば、本のことばかり。タビーはため息をついた。ずっと前から結婚はしたいと思っていたけれど、想像していたのはこんなのではない。これでは全然違うわ。

あの不運な年越しパーティの晩、タビーはなんでもできそうな気がした。細い肩紐《かたひも》でつるデザインの黒いドレスに身を包み、肩には長い髪が揺れていた。ほとんど前が見えなくなるにもかかわらず眼鏡をはずし、化粧もいつもよりずっと濃くした。ヘレンの話だと、ニックはようやく腰を落ちつける気になったそうで、タビーを望んでいるらしい。ヘレンのそのひと押しと、アルコールの力を借りて、タビーはいつもとはまったく違う振舞いにおよんだ。

ニック、すばらしくハンサムなニックは、パンチを飲みながら戸口に寄りかかって立っていた。タビーは想《おも》いのたけを込めたまなざしでニックを見つめ、その姿に夢中になった。ああ、わたしはこんなにも長いこと、彼を愛してきた！

タビーは近くのテーブルにパンチのグラスを置くと、ステレオから流れる官能的なブルースにのって少しふらふらと、ニックのいる薄暗い部屋の隅に向かった。

「まあ、ひとりぼっち?」口をとがらせてみる。

ニックは鷹揚《おうよう》に笑った。「だが、いまは違う」感慨深げに言う。「きれいだ、タビー。ずいぶん大人っぽく見える」

「もう二五よ」

「そうじゃなくて、きみはすれていないからさ」

「だから、努力しているの」タビーは甘い声で言った。「見せてあげましょうか?」

タビーが突然前に進んで、ほっそりした体をすり寄せると、ニックは驚いた顔をした。

「タビー!」叫び声をあげる。

「大丈夫」タビーはどきどきしながら言った。「あなたにキスしたいだけ、ニック。ただ……ただキスしたいだけなのよ!」

タビーは言い終わらないうちから背伸びしてニックの首に両手をまわし、唖然《あぜん》としている彼の顔を引き寄せた。これまで学問一辺倒で、男性のことにはうとく、キスについてはそれ以上にうとかったが、ニックを愛しているので、タビーは心からキスに熱中した。

どうやら、ニックを仰天させてしまったらしい。彼はつかの間、体が凍りついたようだった。それから、黒い瞳を閉じて一度ぎゅっと口を結ぶと、こんどは突然ニックのほうがキスをリードした。鋼のような腕でタビーをぐいと引き寄せ、たくましい脚を片方ずらしてほっそりした彼女の体とかなり親密な体勢になって、えんえんとキスを続ける。やがて、彼は唇を離して、苦しそうに息をした。

「これが望みか?」ニックがかすれた声できく。

「ええ」タビーは吐息をもらすようにつぶやき、ニックの唇をふたたび誘った。「もう一度して」彼の固い唇にささやく。

ニックはそれに応《こた》えた。彼のグラスはいつのまにかテーブルにのっていた。ふたりのいる場所は大きな鉢植えとアルコーブの陰で、ほかのパーティ客からは見えなかったが、タビーはもう自分がどこにいるのかもわからなかった。彼女はニックの広い背中に手をはわせた。ニックがキスを深め、乏しい経験の範囲など飛び越えてしまっていたが、それでもされるがままについていった。ニックの脚がすれ合う感触に、タビーは低くうめいた。

そのときだった。ニックがぱっとさがって、タビーを乱暴に押しやった。

「いったい、どういうつもりだ!」ニックは黒い瞳をきらめかせ、鋭く問いつめた。「これじゃまるでてっとり早く相手をほしがってる、酔った雌猫じゃないか。それとも、こういうのが望みなのか?」ニックは尊大に笑ってみせた。「おれが欲しいのか? それならたぶん、階上《うえ》にあいた部屋があるぞ。それもあいてなかったら、パティオの暗い隅っこでドレスの裾《すそ》をあげて……」

タビーはそのことばに悲鳴をあげた。「違うの、ニック！　わたしはあなたと結婚したいの」本音をぶつける。「あなた、腰を落ちつける気になったんでしょう？　わたしはあなたの子供を産みたいの。そのために帰ってきたんじゃないの？」

ニックは血の気を失った。「おやじの家のことで帰ってきたんだ。ほかに理由はない」

「でも……でも、てっきり……」タビーは息をのみ、青ざめた。「てっきり、わたしが欲しいんだと思ってた」

「頭がコンピュータで胸がぺしゃんこの、未婚のまま年を取った女性を？」ニックが横柄に言う。「本気かい？」

タビーは逃げ出した。くるっと背中を向けてドアから飛び出し、まっすぐうちに逃げ帰った。ひとり残された男が、彼女のせいで動揺していることには気づかなかった。あとでヘレンが追いかけてきて、タビーは親友の胸にすがって夜明けまで泣きに泣いた。そして、彼女が悲痛の涙を流したことは絶対に口外しないと、ヘレンに誓わせた。

あれ以来、タビーは一滴もお酒を飲んでいないが、いつまでも自分がみっともなく思えた。でも、どれほど深く傷ついたか、ニックには絶対に教えるものですか。いまはただ、彼が盗みの疑いを晴らしてくれればいいだけ。そうしたら、あとはダニエルと結婚する……でも、ひょっとしたらしないかも……。

3

毎度のことながら、ＦＢＩの研究所にはニックも目をみはらされた。ここはほとんど無の状態からなにかを立証することにかけては、ほかに並びない定評がある。たとえば、人間の毛髪一本のＤＮＡ構造からは、指紋のような各個人特有の遺伝情報を引き出す。殺人現場にテニスシューズの足跡があれば、それを購入した人物までも割り出すことがある。また、布の切れ端からは、その持ち主について驚くべき量の情報を得る。さらには最大を誇る数の指紋を登録している。ＦＢＩの一員であることは、ニックの誇りだった。そして、去るのもまた非常につらかった。当時ニックと関係のあった、女性の同僚が殺されたのだ。彼女はニックと同じ特別捜査官で、紙幣偽造グループに潜入捜査中だった。あいつは正体がばれて消されたよと、上司は言ったものだ。ニックは心が慰められず、局を去った。

いま思うと、あの関係は孤独と同情から生まれたにすぎない気もする。あの女性がだれかを求めていたとき、ニックもちょうどひどく寂しい思いをしていた。彼はほとんどタビーのほうを向きかけた。ところが、そのころのタビーときたら内向的な恥ずかしがり屋で、少しでも言い寄ろうものなら、逃げ出していただろう。ニックのことを、過保護なやさしい兄ぐらいにしか見ていなかったのだ。

それが、年越しパーティではあきらかに見る目を変えた。タビーが飛びついてきたことを思い出すと、ニックはいまでも体が熱くなる。タビーを意外にも女として見られるようになってみると、彼女をはねつけたのがじつに惜しい。

何年も前には、欲しがったくせに。そもそも、タビーが欲しかったからこそ、ほかの女でもいいのだと自分に証明するために、同僚の女性に言い寄ったのだ。こっちを男として見てくれないような、内気で神経質な女なんか願いさげだった。

ニックはときどき、タビーに怖がられているのではないかと思うことがある。彼女のほうから近づいてきたのは、あのパーティの晩が最初で、それも、ひどく酔っていた。まともに考えられないぐらい飲んでいなければ、ニックなどただ愉快なだけの相手というわけで、そんなのはちっともうれしくはない。たとえ、かつてニックを想《おも》っていたとしても、タビーはそんなそぶりなど見せなかった。ニックがあの晩むきになって怒ったのは、自分がタビーのような引っ込み思案のインテリの気も引けないのかと思って、プライドが傷ついたからだ。まったく、タビーなんか美人じゃないし、体つきだってたいしたことはない。なのになぜ、あの体の感触を思い出すと、夜も眠れないんだ？　ニックは腹がたった。どうして、彼女のキスが脳裏を離れないんだエレベーターが止まってもの思いが途切れると、ニックはこの建物をぴりっと引き締めている広いラボのひとつに入っていき、まるくなって顕微鏡をのぞき込んでいる年配の男の姿ににやりとした。ニックが特別捜査官だったころと、まったく同じ光景だ。

「やあ、先生」ニックは声をかけた。

年配の男は顔をあげると、うれしそうに顔をほころばした。「ニック！　よく来たな！ゆっくりしていかれるかい？」

「少なくとも、これから頼む検査の結果が出るまではね」ニックはからかった。そして、愉快そうに笑っている研究所主任のバート・バーソロミューと握手する。「先生、調子はどうだい？」

「ますます元気だよ。この年になると、関節炎もはげみになるものでね。痛みを感じるということは、まだ生きているという証拠だからな！」バートは含み笑いをしてみせた。「おまえさんは、ワシントンでなにをしているのかね？　帰ってきたのか？　優秀な特別捜査官なら、いつでも歓迎するぞ」

「いや、休暇でね。いまは私立探偵さ。局にいたころよりは、仕事も楽だよ」ニックは低く笑った。

「まあ、きみにはそのほうが合っているようだな。さて、なにを解明してさしあげようかね？」

「これなんだ」ニックは毛が一本入った小さなビニール袋を出した。さっきは、タビーやあの俗物ボーイフレンドに気を取られて気づかなかったが、こいつは妙な毛だ。ニックは袋をバートに渡しながら、難しい顔になった。

バートは袋を開けてなかのサンプルを取り出すと、いぶかしげに片方の眉をあげた。

「腕が鈍ったな」

ニックははっとした。「どうかしてた。こいつは人間の毛髪じゃない！」

「そのとおり」バートはしばらく毛を見てから、肩をすくめた。「動物の下毛だ。だれか、犬を飼っているんじゃないか？」

タビーが犬を飼っているかどうかはわからないが、そういえば大学へ行く途中、生物研究室に出入りしているとか言っていた。おそらく、ラットだのマウスだの犬猫だのを飼っている研究室で毛がついて、それがデスクの上に落ちたのだろう。

ニックは毛を手に取った。「犬かウサギかなにかだな。どうして、気がつかなかったんだろう？」

「よければ、なんの毛か調べてやるよ」

ニックは首を振った。「いや、いい。おれも注意力散漫になってきたらしい」ニックは苦笑した。

「なにか気にかかっているのかね？」

「ああ。ある女性のことでね」ニックは肩で大きく息をした。「わずらわしてすまなかった。じつは盗難があってね。おれから見ればたいした盗みじゃないんだが、友人の頼みで犯人捜しをしてるんだ」

「なにか証拠になりそうなものが出たら、持ってくるといい」バートは目を輝かせた。

「近ごろ、手持ち無沙汰《ぶさた》でね。視力が落ちたのさ。わたしの遊び場もいまや、ぼっちゃん嬢ちゃんに占領されてしまったよ」バートは試験管やビーカー、顕微鏡を愛《め》でるように眺めた。「ニック、年はとるなよ」

「ああ、努力する」ニックはバートと握手した。「顔を見られてよかったよ。たまには、昔が懐かしくなることもあるんだ」

「だれでもそうさ。だが、おまえさんはあんなことがあったから、二度と連絡してこないと思ったよ」

ニックは沈んだ表情でうなずいた。「あんなふうに彼女を一発の銃弾で失うなんて、ひどい打撃だった。だが、おれたちは、はたしてうまくやっていけたのかな。ふたりとも出世欲旺盛《おうせい》だったたし、彼女はこの仕事が好きだったからね」ニックは、タビーがぽっかり開けていった穴をうめてくれたルーシーを、いとしい気持ちで思い出した。愛してはいなかったが、大好きな女性だった。ニックはこの数年間、彼女の死にさいなまれた。それがここへきてようやく、面と向かえるようになった。

バートはニックの瞳が思い出に陰るのを見て、あわてて話題を変えた。「ところで、新米のきみを年じゅう怒鳴りつけていたあの赤毛の女を覚えているかね？　ほら、あとでマイアミに転属になって、みんな、感謝感激だっただろう？」

ニックはくすくす笑った。「ああ。なんて言ったっけ。たしか、シンシアなんとか……」

「そう、それそれ。その彼女なんだが、いまはマイアミの主任捜査官だ。どえらい活躍をしているよ。部下の捜査官と結婚して、子供もふたりいる」

「想像がつかないな」ニックは首を振った。「結婚するタイプには見えなかったが……」

「ああ、わたしらのように結婚とは無縁に見えた。わたしはとうとう、一緒に暮らせる女には会えなかったよ。どうやら、おまえさんもそうらしい」

「生まれつきの一匹狼《おおかみ》もいるのさ」ニックはそう言ってから、タビーがダニエルを婚約者と呼んだことを思い出し、怒りで目をきらめかせた。まるで、なにか取られた気がする。もちろん、そんなのはばかげている。タビーは彼のものではないのだから。

だが、そのタビーを頭から追い払えないのだ。大学へ向かうあいだ、ニックは彼女のことばかり考えた。こんなことではだめだ。ほんとうにだめだ。

タビーはいなかった。ニックは通りがかりに受付で大学の便覧をもらった。職員の詳しい紹介も載っていて、役にたちそうだ。彼はタビーを探しているという口実で、研究室がある階にあがっていき、廊下を掃除していた用務員から情報をたくさん仕入れた。おかげで、帰宅するころには、容疑者の調査にとりかかれるだけの材料が手もとにあった。

ニックは探偵事務所にいる妹に電話をかけた。ヘレンに頼めば、ほかの捜索員を使わずに情報が手に入る。私生活のことを、事務所じゅうの人間に知られるのはいやだった。

「どうしたの?」ヘレンがきいた。

「泥棒を捕まえないと、タビーのキャリアもこれまでだ」そして、ニックは詳しい話をした。

「でも、まさか首にはならないでしょう?」ヘレンが心配そうにきく。「だって、タビーはもう終身在職権を取っているのよ」

「つぼが出てこなきゃ、それもパーさ。調べてもらいたい人間をリストアップした。まず、タビーの新しい婚約者とやらだ」

「ダニエル?」ヘレンはあてつけがましくきき返し、ニックが返事し遅れると笑いをかみ殺した。

「あいつを知っているのか?」

「もちろん。あの人、タビーと大学が一緒だから、わたしたち友だちだったの。ちょっと頭が古いし、一緒にいてもわくわくするような相手じゃないけどね。でも、いい人だし、落ちついてるわ。きっと、タビーによくしてくれるでしょう」

「それよりタビーのほうが、やつの世話をすることになるだろうな」ニックがぶすっとして言う。「いやな男だ。自分中心の紳士気取りの俗物だよ」

「そうね」ヘレンはおざなりに同意した。「でも、ニック、タビーの人生なのよ。彼女は、だれでも好きな人と結婚できるのよ」

「相手が大ばかでもか？」ニックが冷ややかにきく。

「そうよ。さあ、情報集めにかかるから、名前を教えて。でも、ダニエルの過去には、きっとうしろぐらいところなんてないわよ。ああいう堅苦しい人間に、銀行強盗みたいなことができるわけないもの」

「奥の奥まで探らなきゃ、人間なんてわからないものさ。そのぐらい知ってるだろう。メモはあるか？」

「ええ、どうぞ」


車が戻ったのは、暗くなってからだった。窓から見ていたニックは、こんなに遅くまであのばかな婚約者と一緒だったのかと、腹がたった。タビーにはあんな気取り屋より、もっといい男が似合う。あいつにはタビーなどもったいない。

ニックがおもてに出てぶらぶら近寄ると、ちょうどタビーが本をどっさり抱えて車から降りるところで、彼はドアを開けてやった。

「あら、どうも」タビーはもごもご言った。一日に二度も、ニックの顔を見るとは思わなかった。もしかしたら、なにか進展があったのかもしれない。「なにかわかった?」タビーは期待してきいた。

ニックは肩をすくめた。「まだ、なにも。調査続行中だ」ニックはグラスを口に運び、タビーの視線に気づいた。「ウイスキーソーダだ。飲むか?」

タビーは顔をしかめた。「ウイスキーは嫌いよ」

「大晦日《おおみそか》の晩は気にしなかったじゃないか」

タビーは赤くなって、背中を向けた。「もう、入らないと」

だが、うしろにぐいと引き戻され、薄いシャツ一枚のニックの広い胸板に、肩がぶつかってしまった。男らしいぬくもりに、タビーの体がうずく。

「ニック、やめて」タビーは静かに哀願した。

「あの晩はきみのほうから迫ってきたじゃないか」ニックはタビーの耳もとで非難した。

「めかし込んでおれのまわりをちらちらうろついて、しまいにこっちの目にはきみしか入らなくなってしまった。それからこんどは、あのぴったりした黒いドレス一枚でおれに張りついて、キスを始める始末だ」思い出すだけでも全身が張りつめる。「しかたないから、おれはきみを押しやってたしなめた。だが、あれはきみのためだよ。意地悪でやったわけじゃない」

「わかっているわ」プライドが傷つき、タビーは声がつまりそうだった。「わたしはもう婚約……」

「なにが婚約だ。あの男が自己中心的な取り決めをしただけじゃないか。きみはおれなんかもう用なしだというところを見せたくて、あいつにつきあっているだけだ。もう、それはわかったから、やめろ」

タビーはニックのほうを振り向いて、重い本を抱えなおした。「べつに、あてつけで、ダニエルと結婚するわけじゃないわ。わたしはもう二五よ。子供を産んで家庭を作りたいの。ダニエルは落ちついた生活をしているし、タバコもギャンブルも……お酒もやらないわ」そして、ニックのグラスからつと目をそらす。

「おれも、ふだんは飲まないよ」ニックは静かに言った。「限度も心得ている。それに、飲んだら運転はしない」最後はちゃかした。

「賢明だこと」タビーはぶつぶつ言い、ニックの吐く息に顔をしかめた。「そんなアルコールくさい息を吹きかけたら、樫《かし》の木が倒れちゃうわよ。お願いだから、いまマッチをすったりしないでね」

「おもしろいことを言うやつだ」ニックはちっともおもしろくなさそうに言った。視線がおりていき、タビーの無防備な唇を見つめる。「まだ、ちゃんとしたキスもできないんだろう?」ニックは気軽にきき、タビーが恥ずかしさにびくりとするのも無視した。「何年も前におれが教えてやるべきだったんだが、きみはおれを怖がっていたからな」

「怖がってなんかいないわ」タビーがむきになる。

「おれが近づくと、すぐ逃げたじゃないか。一度なんか、きみをデートに誘おうとしたんだぞ。なのに、きみはおれが来るのを見て、裏口から逃げ出した」

「だって、デートに誘いたかったなんて、知らなかったんですもの」タビーはニックの鋭い視線を避けた。「あなたはヘレンにわたしのことを、うっとうしいからそばに寄られたくないって言ったでしょう？　だから、寄らないようにしたのよ」

ニックの体が凍りついた。「それは、いつだ？」

「わたしが一八のとき。あなたが会いに来た晩よ。わたしを追い払うつもりなんだって思ったわ。だれかさんから、わたしがあなたに、その……お熱だってことを聞いて、もう近づくなって言いに来たんだと思ったわけ。でも、そんなことは聞きたくないから、逃げたの」

そんな、熱をあげられていたなんて話は聞いてないぞ。ヘレンはそんなことは、言ってなかった。

「ヘレンが、おれにそんなことを話したってきみに言ったのか？」ニックは問いただした。

「ううん、彼女はそんなひどいことをしないわ。メアリー・ジョンソンがわたしにそう言ったのよ。ヘレンから相談されたって。もう恥ずかしくて、あなたともヘレンともその話はできなかった。で、とにかくこの顔があなたの目に触れなければ、波風は立たないと思ったの。じっさい、そうだったわ」

「きみがうっとうしいなんて、言ったことはない」ニックは声を押し殺して言った。「それに、きみに想われてたなんて初耳だ。どうやらきみは知らないらしいがね、おれはメアリー・ジョンソンにつきまとわれて、一度きっぱりはねつけたことがあるんだ。たしか、彼女はきみのグループだったな?」

　タビーはうつむいて本を見た。なかの一冊はしわの模様がついたカバーがかかっている。タビーは爪の先でそのしわをひっかいた。「友だちだと思っていたのに」

「あきらかに、きみに嫉妬《しっと》していたわけだ」

「そんな必要ないのに」タビーはため息をついた。

「彼女、こう言ったわ。ニックは一〇人並みの顔の鈍い子なんか、顔を見るのもいやなのよ、って」

「いまごろ言っても遅いかもしれないが、きみを、一〇人並みとかさえないとか思ったことは、一度もないよ。きみは昔もいまも、鋭い分析能力の持ち主だし、頭脳も人並み以上だ」ニックの顔がゆっくりほころぶ。「それに、見た目も悪くないよ。まあ、一、二キロふえてもいいような気はするけどね」

「あまり食べないし、一生懸命働くからよ」

「おれもだ」ニックは酒を飲みほし、じっとグラスを見つめた。「どうして、ダニエルなんだ?」

「だって、ほかにだれも望んでくれないからよ」タビーは思わず口をすべらせてから、ばかなことを言ったと思った。「もう、なかに入るわ」あわてて言う。「ダニエルに頼まれた調べものがあるの」

「ダニエルなんかいいから、うちへ来いよ。ダンス向きの、ブルースのアルバムを一枚買ったんだ」

「ブルースが好きなの?」タビーがきく。

「ああ。昔、トーチソングって呼んでたような古いやつが好きでね」

「わたしも、そういうのが好きだわ」

「ああ、ヘレンから聞いたよ」ニックはグラスを車の屋根の上に置いて、あらがうタビーの手からしっかり握った本を取りあげた。そして、それを車のなかにほうり込むとグラスを取り、タビーの手をつかんで自分の家へ連れていった。

「もう暗いわ。だめよ」タビーはぐいと手を引き抜こうとした。

だが、ニックは無視した。一分後、タビーはニックとともに家のなかにいた。

「誘惑はしないよ」ニックがいたずらっぽく約束する。「それなりの前触れなしにはね。ブルースをかけるから、一杯つきあえよ」

「わたし、お酒はだめだし、ダンスもへたで……」

ニックはそれも無視した。彼は音楽をかけると、ソーダをついでウイスキーを少したらし、タビーに渡した。そして、それを少しずつ飲むタビーを抱き寄せて、自分もグラスを傾けながら、のんびりブルースに合わせて体を揺らした。

「大晦日の晩、きみはウイスキーの味がした」ニックはタビーの口を見つめ、かすれ声で言った。「天性の妖女《ようじょ》みたいに、なまめかしく体をすりつけてくるんだもの、きみを放すのは死ぬほどつらかった。きみが欲しかったからね」

「嘘《うそ》!」タビーは足を止めて、ニックをにらんだ。「わたしにひどいことを言ったじゃないの!」

「でなければ、きみをベッドに連れていくことになるからだ。ほんとうはそうしたかったよ」ニックは瞳を輝かせ、荒い口調で言った。「どれほど欲しかったか、きみは知らないんだ。その体がドレスの下で熱くなってるのはわかっていたから、ぜんぶ引きはがして、きみの肌に口をつけたかった」

タビーはせき払いをした。「座ったほうがよくない？　なんだか暑いわ」

「ああ、暑いな」ニックはタビーをマントルピースのほうにいざなった。自分のグラスをその上にのせ、タビーのこわばった指からもグラスを取って横に置く。「これでいい」

彼はタビーをまっすぐ抱きあげると、彼女の唇をとらえていった。ニックの唇がゆっくり、大きく包み込むような動きで、タビーの反応を誘う。タビーは応《こた》えるくらいなら、死んだほうがましだと思った。でも、抵抗できなかった。ニックはウイスキーとライムの味がする。彼の舌がまるで生き物のようにタビーの口を探り、からかい、そして引っ込む。タビーはうめき、意志があるうちに離れようとした。

「逆らわないで」ニックが低くささやいた。「ほら、力を抜いて。きみに教えてやりたいんだ」

タビーは言い返そうと口を開いて、かえってニックをいっそう奥まで受け入れてしまった。体がひとりでにニックのほうに倒れていく。彼はその一瞬の弱みをとらえ、両手でタビーの腰を自分のほうに引き寄せ、もっと、もっと深くキスをした。

「怖がらないで」ニックはささやくと、かがんでタビーを両手に抱きあげた。「痛くしないから」

「ニック」タビーは弱々しくうめいた。だが、手はひとりでにニックにしがみつき、全身は彼を求めて燃えていた。この欲望はいまに始まったものではないが、これまでは夢だけが満たしてくれたものを、こんどはニックが与えてくれる。たとえ体だけでも、ニックがこのわたしを愛してくれる。「ダニエルが……」声を出すにも努力がいった。

「ダニエルなんかほうっておけ」ニックも息をはずませている。「おれと愛し合おう」

そして、革張りの長いソファにおろされる。続いてニックが体を重ねてきて、タビーをソファに押しつけ、熱く焼きつくしていく。ニックは重くて温かく、キスも抱擁も最高だった。タビーの道徳心をまるっきり無視して、こんなふうに触れてくるなんて、ダニエルには思いもつかないだろう。

ニックの手はかぎりなく自由に動いた。まるでこうするのが当然といわんばかりに、タビーの張りつめた乳房の上をすべる。タビーを完全にわがものにし、巧みな愛撫《あいぶ》で彼女をうずかせる。ニックはタビーの固くなった乳首を親指で執拗《しつよう》に攻め、顔を起こして彼女の反応を見た。

タビーがあえいだ。ニックはその表情が好きで、もう一度指を動かした。タビーがこんどは震えた。

「もっと上に動いて」ニックは静かに言った。

タビーがそのとおりにすると、彼はタビーの目を見すえたまま、膝で彼女の脚を徐々に開いた。

とたんにタビーが体を硬くしたが、ニックは首を振って低い声で言った。「大丈夫。もう少しぴったりくっつくだけだ。なにも危ないことはない。約束するよ。きみをすっかりおおいたいんだ。こうすれば重くない……」ニックは両肘で体重を支えて、タビーの上になった。タビーはひどく親密なその動きと、欲望に高まったニックの体の感触に、興奮と恐怖の小さな悲鳴をあげた。「きみを抱きたい」ニックは張りつめた体を震わせ、タビーの口にささやいた。「避妊はしてる？　妊娠の危険はあるのか？」

危険。妊娠。タビーはぼんやりとした目を開いてニックを見た。わたしは二五で婚約中で、この男のおかげで、一度手ひどく打ちのめされたことがある。そんなことまで忘れるなんて、どうかしていない？

ニックがなにげなく体を動かし、タビーははっとわれに帰った。ニックに火をつけられて、すっかり目がくらんでいたが、いまのひどく親密な状態が見えてくると、まっ赤になった。

「ニックっ」タビーは声を震わせた。

ニックは顔をあげてタビーを見てから、自分の下になっている彼女の格好を見やった。長い脚がニックの太腿《ふともも》にからみつき、両手でしっかりと腰をつかんでいる。

ニックは欲望もあらわにかすかに笑い、かすれた声で言った。「やっとこつがのみ込めてきたようだな、タビー」

タビーはニックの視線を追うと、ぱっと脚をどけ、彼を押しやった。「どいてよ！」

「さっきはそんなこと、言わなかったぞ」ニックはもの憂げに言いながらも、タビーのことばに応じた。

タビーはニックの腕から逃げるようにして立ちあがった。脚はがくがく震えていた。髪は片側によじれてくしゃくしゃだ。唇は赤く、乳房も重い感じがする。服の上からさわられたので、少しひりひりする。こんな気分は生まれてはじめてで、どうしていいかわからなかった。

タビーはニックのたくましい体を見おろしたが、あきらかな欲望のしるしが目に入り、思わず視線をそらして、笑みを浮かべている彼の顔を見た。

「隠すつもりはない。おれはきみが欲しいんだ」

「わたし……情事なんか求めていないわ」タビーは声がつまった。「こんなことをするために、ここへ来たんじゃないわ！」

「そうかな」ニックはやおら起きあがり、むさぼるようなまなざしでタビーの柔らかな体を眺めた。「なにも感じなかった顔をするつもりか？」

「そこまで役者じゃないわ。あなたは経験豊富だから、きっと石ころでも興奮させられるんでしょうよ」タビーはしんらつに言った。「でも、わたしがそう簡単になびくと思わないで。婚約中なのよ」

「それも、もう終わりだ。今夜このソファの上でなにがあったか、おれがダニエルに言えばね」

「やめて！」タビーはぞっとして叫んだ。

「きみの良心がその醜い頭をもたげてくるまでは、楽しかったんだけどね。そんな感じやすい唇をしていながら、どうして体のほうはいまだにビクトリア朝時代なのか、理解できないよ」

「このさい、わたしの感じやすい唇なんか関係ないでしょ」タビーは硬い口調で言った。「うちに帰るわ。仕事があるんだから」

「仕事をするかわりに、おれの寝室に来いよ」ニックはなだめすかすようなまなざしで誘った。「その服を脱がして、ひと晩じゅう愛してやる。朝になったら、ダニエルの名字なんか忘れてて、たとえ命がかかっていたとしても思い出せないだろうね」

「朝になったら、わたしは自殺したくなってて、おまけに、あなたは二日酔いで、わたしを引きずり込んだのをやましく思っているでしょうよ」タビーはドアの前で振り返った。「さっきの、冗談よね? ダニエルにばらすっていうのは」

ニックはしばらくタビーをじっと見つめた。「そう思うか?」彼は静かにきいた。

タビーはそそくさと出ていった。ニックは閉まったドアを長いこと見つめていたが、やがてもう一杯酒をついで二階へあがり、冷たいシャワーをたっぷり浴びた。だが、それでも、寝つくまでに何時間もかかった。タビーがあれほど夢中になるとは思ってもみなかった。ひとたびそれを知ったいま、はたして忘れられるだろうか?

タビーを相手に経験した興奮が全身をさいなみ、ニックは何度も寝返りをうった。なにも着ないでベッドに入ったので、柔らかいシーツの感触がまるでタビーの柔肌に思われ、うめき声が出た。

しまいに彼は起きあがり、もう一杯作った。これで眠れるとはかぎらないが、害にはならないだろう。

　ニックはグラスを傾け、寝室の窓からタビーの家を見た。やがてその顔に笑みが広がった。タビーの寝室も明かりがついている。彼女も眠れないのだ。

　タビーはルーシーとは正反対だ。ニックはようやく、尻込みせず彼女のことを思い出せるようになった。ルーシー・ウェイバリーは元気いっぱいな小柄な女性で、危ない綱渡りが好きだった。ニックのアパートの床で、時間をかけて愛し合うのが好みで、タビーなどが知らないような自分の体の使い方を知っていた。タビーに拒絶されたあとのニックにとって刺激に満ちたルーシーは、傷ついた男の体面をいやしてくれる存在だった。

　だが、愛していた？　いや、ルーシーを愛してはいなかった。彼女といると刺激的だから、いずれは結婚していたのかもしれないが、それも一発の銃声でふいになってしまった。ルーシーが逝《い》き、ニックは彼女なしで、ひとりでこの世に立ち向かうことになった。だが、彼女の死にざまを思うと、自分の職業がいかに危険か痛感させられた。そのために、ニックはあれ以来、感情抜きの短い関係ばかり結ぶようになった。

　それをタビーがひっくり返している。彼女はいっぷう変わったおかしな方法と甘く柔らかい唇を武器に、からみついてきた。そして、忘れえぬ快感でニックをきりきり舞いさせている。

　このさきどういうことになるのかわからないが、将来を約束するような関係はごめんこうむりたい。だが、タビーは欲しい。もし、彼女をあのお堅いビクトリア朝時代から現代に連れてくることができたら、どれほどすばらしい情事になることか！　ニックは官能的な幻想にひたり、ベッドで熱くなったタビーを抱いているところを、そして、おびえた処女を満ちたりた女に変えるところを想像した。

それはあまりに甘美な夢で、ニックは眠るどころではなくなってしまった。

4

ベッドからはい起きたとき、ニックはまだ寝たりず、気分も悪かった。アルコールに加えて、欲求不満による二日酔い。酒はめったに飲まないのだが、この家の乏しいスコッチの貯《たくわ》えをいくらか減らしたようだ。

きょうは日曜日。教会にはもう何年も行ってない。また教会へ通わなくては、タビーのそばにいなくては。だが、そう思ったとたん、ニックはベッドに逆戻りし、三時ごろまで眠り続けた。

結局、たっぷりのブラックコーヒーとアスピリンで気分がようやくすっきりした。ヘレンに電話して、なにかわかったかきいてみよう。だが内心は、なかば進展がないことを期待していた。醜態を演じたゆうべのきょうでは、タビーとも顔を合わせづらい。どうもおれは、なにも約束してやれないくせに、彼女を情事に誘いたくてたまらないらしい。こっちだって、永続的な関係までは望んでいない。どうして、そっとしておけないんだ？　そのほうが彼女のためだし、こっちのためでもある。とはいいながらもタビーのことを考えると、爪先までぞくぞくしてくる。

ニックは部屋のなかを行ったり来たりして、下腹部のほてりを冷まそうとした。だが、なにをやっても効き目はない。そのうちようやく寝る時間が来た。起きてから寝るまでふさぎっぱなしで、まる一日の損だ。タビーもそうだったのだろうか？　それとも、ほかのことを考えていたのだろうか？　きょうの午後はずっと、隣の家に見慣れない車が停まっていたが、ダニエルの車なのはきかなくてもわかる。ダニエルがなんだ！　ニックは寝室に向かいながら思った。あの男には、頭がどうにかなりそうだ。

タビーにもだ。

翌朝ニックは早起きし、タビーの家に明かりがつくなり隣へ行き、キッチンのドアをノックした。

すると、寝ぼけまなこのタビーがドアを開けた。膝上丈の柔らかいコットンのナイトシャツ一枚の姿で、体の線がどこもかしこもあらわなのだが本人は気づいていないらしい。長い髪を肩にたらし、寝起きの上気した顔を見せられては、彫像でさえ興奮するというものだ。ましてやニックは彫像ではない。

タビーが自分の格好に気づいたときは、もう遅かった。ニックはすっかりその気になって、タビーに迫った。

タビーはあわててキッチンの椅子を自分の前に引っ張り、ニックの行く手をさえぎった。

「さあ、ニック」うわずった声で笑う。「自分が筋金入りの独身主義者だってことを思い出すのよ。おれは独身主義者だって、二、三回くり返してごらんなさい」

「それはもうやったさ。だが、効かなかった。椅子をどけろよ、タビー」ニックがかすれた声で言う。

タビーは毅然《きぜん》とした態度で顔をあげた。「わたしはダニエルと婚約中なの。もう結婚する相手がいるのよ」

ニックの黒い瞳が疑わしげに細くなる。「ダニエルなんか愛していないくせに」

「彼のことは好きだし、尊敬しているわ。この年になれば、そういうのも悪くないわ。情熱なしでも生きていけるもの。情熱なんてね、ライターみたいなものよ。ぱっとつけて、ぱっと消せるわ」

ニックはその意味をすぐに理解した。「つまり、おとといのあれは、ライターの火というわけか？」

タビーは本音を押し隠してうなずいた。「そうよ。昔のヒーロー崇拝時代の、情熱の名残にすぎないわ。あなたに愛撫《あいぶ》されたらどんな感じか、興味があったの。でも、もう満足したわ」

「いや、それは完全な満足じゃない」ニックは厳しい表情で、自信たっぷりに言った。「おれと一緒にベッドに行って、一部始終経験してみないか？」

いいわ」

タビーは顔が熱くなったが、首を振った。「ちょっとやりすぎね。わたしは味見だけで

ニックの視線がタビーの体を上から下へとおりていく。あのコットンに隠れた胸は、どんな形をしているのだろう？　いまのままでもそのふくらみはよくわかるのだが、ニックはおとどい触れたときの、温かくて張りのある感触を思い出していた。「そいつを脱げよ」ニックはタビーの視線をとらえ、かすれた声で言った。「なにも着ていないきみを見たいんだ」

その瞳も声もじつに魅力的だったが、タビーには、わが身を決定的な屈辱から守ろうという意志が残っていた。ニックはわたしを欲しがっている。男なんて体の欲求がからむと、かなりずるくなるものだ。でも、ニックはなにかを約束できるような人ではないから、一度抱いてしまえばそれで終わり。ここで折れたら、わたしはニックにとって、一夜だけの快楽の相手ということになってしまう。そう思うと悲しかった。

「これまでも五、六人に、そんなことを言ってるんでしょ。悪いけど、わたし、ストリップはしないの。仕事は人類学だけよ」

「大昔の仕事をすると、考え方まで昔式になるわけか？」ニックがつっけんどんに言う。

タビーは肩をすくめた。「わたしは淫《みだ》らな人間になるような教育は受けてないわ。あなたもそのはずだけど、根本的な教えが身につかなかったようね。ねえ、ニック、あなたは

本気でわたしが欲しいわけじゃないのよ。ずっと昔、わたしがお熱だったのを知って、きっと興味がわいたのよ。でも、それだけだわ。あなたは家庭を持って子供を作ろうなんて、これっぽっちも思ってないんだもの」

ニックは両手をポケットに深く突っ込み、考え込むまなざしになった。「そうだな」と正直にこたえる。「そんな気はない。だが、もし家庭を持つとしたら、相手にはきみを選ぶと思う」

タビーはほほえんだ。「うれしいわ」

ニックは肩をすくめた。「おれは足の向くまま自由に動きたいんだ。きっとこのさきも、同じ場所に長いことはいられないだろうな。おまけに、警察や探偵の仕事が大好きときてる。難しいことに挑戦して、危険をくぐるのがさ。落ちついた暮らしはできないよ。それに、おれがよけいなことに首を突っ込んでいつか病院にかつぎ込まれるんじゃないかと、四六時中きみを心配させるなんてぞっとする」

「あなたが愛してくれたら、わたしも賭《か》けてみる気になるかもしれない。でも、愛なんて、あなたには縁のないことばなのよね」

「一生ないだろうな。弾をよけるのは、おれにもできる。だが、女に翻弄《ほんろう》されるのは、話がべつだ」

ニックの言いたいことが、タビーにはよくわかった。ニックは傷つくのがいやで、絶対に女性を近づけすぎない。噂《うわさ》では、ＦＢＩで同僚だった恋人を殺され、その死を忘れられないらしい。ヘレンと、そしてメアリーが教えてくれた。一生忘れられないのかもしれない。だから、いつか愛してくれるかもしれないなどと期待して、つらい思いを抱き続けてもしかたがない。たしかにヘレンの言うとおりだ。ここらでさきへ進み、だれかと結婚して家庭を持ったほうがいいのだ。

「あなたは独立心が強いわ。わたしにもその気持ちはわかる。でももう、ひとりで頑張って生きていくのに疲れたの。ダニエルとはとてもうまくいっているわ。きっと、いい人生が送れると思うの」

「ああ。ベッドでやつにさわられるのを我慢する回数が、少なくてすむならね」ニックがさらりと言う。

タビーはまっ赤になった。「なんですって！」

「そんなに気取るなよ。ダニエルに満足できないから、おとといはあんなに簡単にことが運んだんだ。おれが触れた瞬間に、きみはもう準備完了だった。きみはダニエルに欲望なんて感じていないんだ」

「セックスがすべてじゃないわ！」

「結婚はセックスにかかっているのさ。少なくとも、おれはそう聞いてる。タビー、ダニエルが欲しくないのに結婚したら、みじめなことになるぞ。いずれやつも感づいて、きみを憎むようになる」

　これは口が裂けても言えないが、ダニエルはすでに、タビーがすぐに体をこわばらせるのを興ざめに思っている。たまのキスにも彼女が応《こた》えないので、いらだっているのだ。

「その方面については、そのうち慣れるわ」

「慣れるだって！　なんてことを！」

「わたしはそれより、一緒にいて話ができる人のほうが……ニック！」

　タビーが話し終わらないうちに、ニックは彼女の手から椅子をもぎ取った。そして、つぎの瞬間、タビーをキッチンのテーブルの上に倒し、唇を重ねた。

　タビーは抵抗できなかった。フォーマイカのテーブルの表面がすべりやすくて、身動きがとれない。ニックはしなやかな大きな手ひとつでタビーを押さえつけ、荒々しく彼女の唇を奪った。タビーはなすすべもなく屈し、これほど簡単に自分を征服できるニックが憎らしかった。

　ニックの手がタビーの胸から腹部、そして脚のつけ根へとおりていく。それからナイトシャツの裾《すそ》をゆっくり、ゆっくりあげていき、タビーに下になにも着けていないことを強く意識させた。

　タビーはその衝撃に大きく目を見開いたが、ニックの唇に激しい快感を呼び起こされ、巧みな温かな手に肌を触れられ、なにも見えていなかった。

ニックが指先でタビーのなめらかな太腿《ふともも》を撫《な》であげる。タビーは息をのんで、びくっと震えた。彼の手をつかんでやめさせるべきだった。抵抗すべきだった。でも、タビーはただされるがままに横たわり、さきを待った。

ニックの黒い瞳がナイトシャツの裾のほうを見た。シャツの下にもぐり込んだ手が、柔らかい腿のつけ根を包み込む。

タビーは全身でその愛撫を感じ取った。脚の力が抜け、胸が動悸《どうき》を打つ。いつまでもそこにある手の感触に、タビーはうずき、高まり、うっすら唇を開いた。

「下着をつけていないんだね」ニックがささやいた。「寝るときは、いつもこの格好か？」

「ええ」タビーがかすれた声でささやき返す。

「それに、いつもひとりか？」

「いつもね」

ニックはタビーの体の上で手を広げ、彼女をじらし、苦しめた。あと数センチ横にずれたら、かつてタビーが経験したことがないほどの親密な行為に進んでしまう。タビーのなかの一部はそれを望み、情熱を知りたいと思った。べつの一部はおびえ、恥ずかしいと思い、自分を抑えつけた。

「硬くなってる」ニックが低い声で言った。「こちこちだ。そんなに硬くなるなよ。おれは絶対にきみを傷つけたりしない。それがわからないのか？」

「わかってる」

ニックの手がゆっくりとタビーの肌をすべり、張りつめて高く盛りあがった乳房に向かう。ニックが触れると、タビーは身をこわばらせて息をのんだ。親指と人さし指で固くなった頂のまわりをなぞられ、身もだえする。

「もう何度もきみの夢を見たよ」ニックがささやいた。ナイトシャツの裾に両手をかける。

「それをこの手で、おれたちふたりのために実現する」

ニックはシャツをたくしあげていき、やがてタビーのあごの下にまるめ込んだ。顔を赤らめて横たわるその姿に、ニックは息をのんだ。

「これは……」ニックは声を絞り出した。「タビー、きみはとてもすばらしいよ」

ニックの目を見れば、自分が魅力的に映っていることはわかる。やがて彼はまなざしだけでなく、顔を近づけてその口でタビーの乳房をうやうやしく愛撫した。タビーは背中をそらして体を差し出し、ニックの温かい唇を迎えた。その唇がタビーの腹部に強く触れたとき、電話が鳴った。

ニックはタビーの体から唇を離し、情熱からさめやらない表情でタビーを見つめた。

「電話だ」かすれた声で言う。

「しつこいわね」タビーもぼんやりとした表情でつぶやいた。

ニックはぱっと体を起こすと、目に一瞬所有欲をむきだしにしたが、やがてタビーをテーブルから引っ張り起こし、唇でやさしく探った体にナイトシャツを引きおろした。

「電話に出たほうがいい」ぼそりと言う。

タビーは震える手で受話器を取った。「はい?」

「タビー、もう九時だぞ」ダニエルのいらだたしげな声がした。「クラスが始まる時間だ」

タビーは息が止まった。「まあ、ごめんなさい! 寝坊しちゃって……」顔を赤らめ、ちらっとニックのほうを見る。「すぐ行くわ。しばらく、代講してくれる? ちょうど、自然人類学の概要と、専門用語の説明をしているの。あなたもよく知っているところよ」

「いいだろう。ぼくの講義が一〇時で、きみはついているよ」

「ありがとう! あなた、命の恩人だわ!」

タビーは電話をきると、乱れた髪をかきあげた。

「クラスなんかほっといて、ベッドに行こう」ニックの体はいまだに欲望でうずいていた。

「だめ」タビーはささやいた。「たとえ講義がなくてもね。ニック、もう、こんなことはやめて! わたし、どうしていいかわからないの!」

ニックの顔がほころんだ。「おれが欲しいのさ」

「もちろん、欲しいわよ! でも、未来がないじゃないの!」

ニックはテーブルに寄りかかった。「だが、続くかぎりは、たがいに楽しめる」彼は大まじめだ。「きみを傷つけるようなことはしないよ」

「わたし、婚約してるのよ」

「ばかな男とね」ニックがあざける。「やつはきみを利用してるだけだ」

「じゃあ、あなたのしてることはなんなの？」タビーは叫んだ。

ニックはそのことばの響きが気にいらなかった。「そういうふうに言いたいのなら、たがいに利用し合うということになるな。おれは女が欲しい。きみは男を欲しがってる。おれたちは昔からのつきあいで、たがいに好意を持っている」

「そのことばは、わたしとダニエルについてもぴったりあてはまるわ」タビーは硬い口調で言った。「ニック、帰ってちょうだい」

「心にもないことを言うなよ」ニックの視線が張りつめた乳房に戻っていく。「きみはまだ、おれと同じぐらい欲しがっている」

「でも、正気に戻ったわ。不倫はしないことにしているの」

「それは結婚してから言うせりふだ」

「わたしの世界では違うの。わたし、まだひねてないもの。いまも輝く理想があるの。しあわせな結婚とか、不変の関係といったものを信じているのよ」

「関係なんて長続きしないさ。いまだにそれがわからないなら、きみはダニエルにも劣らないばかだ」

「わたしにわかっているのは、ダニエルとのほうが、あなたとよりも、しあわせになれそうだっていうことよ」タビーはうんざりして言った。「お願いだから、帰って」

「そこまで言うならね」ニックはテーブルから離れ、裏口のドアを開けた。「ヘレンにいくつか調査を頼んである。きのうは日曜でだめだったが、きょうの昼前にはなにかわかると思う」ニックはタビーをじっと見た。「おれがきみの研究室に自由に出入りできるようにしておいてもらいたい。きょうは何人かに会って、話を聞きたいんでね」

「面倒は起こさないでしょうね？」タビーは不安になってきいた。

「こっちは経験豊富な私立探偵だぞ」ニックはかっとなった。「ちゃんと法律だって勉強したんだ」

「ごめんなさい」

「やってもいないことを責められて、不安なのはわかるが、もし、だれかの気分を害することで、きみの疑いを晴らせるなら、おれはためらわないぞ」

「ただ、必要以上に敵をふやしたくないだけよ」

「それはわかっている」

「ニック、あなたはどうして、わたしがやっていないとわかるの？」タビーが真剣な表情で尋ねた。「きみのことをよく知っているからさ」そんなことをきかれるとは意外だった。

「じゃあ、大学で」

ニックはあとになって、なぜタビーの無実を一度も疑わなかったのだろうと自問した。

もしかしたらテレパシーの一種かもしれないが、ニックはタビーが嘘《うそ》をついたら見破る自信があった。ダニエルにたいする気持ちについては、あきらかに嘘を言っている。ニックはタビーとあの男が一緒のところを見て、これは恋愛じゃないと確信した。ふたりのあいだには火花も散らず、相手にたいするロマンチックな思いも、肉体的な魅力も存在していないのだから。

しかし、これがニックとタビーとになると、まるっきり話が違ってくる。ニックはどうしようもないほどタビーが欲しかった。けさのことがあったあとでは、彼女から離れているなんてもう至難の業だ。

タビーの体は、かつて見たことがないほど美しく、魅力的だ。ニックはそのすべてが、タビーのすべてが欲しかった。だが、タビーの求める代償は大きく、ニックにはとても払いきれない。

ニックはソーン大学へ行き、タビーが講義をしているあいだに、彼女の研究室で事情聴取の計画を練った。生物学科の助教授であるフラナリー博士は、容疑の濃いひとりだった。博士についてはいくつかわかっているが、現在金を必要としていることと、十代のときに窃盗で捕まっていることが目を引く。一方タビーのフィアンセは六〇年代に反戦デモに参加して逮捕され、留置所にぶち込まれている。おまけにその点に関して、賞罰の記録を偽っているのだ。

タビーのパソコンからは職員について、豊富な情報を引き出せた。西半球でも指折りのハッカーであるヘレンが、大学の職員ファイルに侵入するパスワードを教えてくれたのだ。ニックはおおいに楽しんで、個々の記録を調べていった。職員のなかには疑わしい人物がもうひとりいた。美術学科のデイ博士で、大学卒業前後には浮浪者だった時期がある。金にはこと欠かないようだが、大学教授としては分不相応なものを持っているのがひっかかる。たとえば、ランボルギーニなど、平均的な教授の給料ではちょっと手が出ないはずだ。

ニックは調査の的をこの三人に絞り、細大もらさず慎重に、できるだけの情報を集めた。すると、三人のうちでは、ダニエルがいちばん大学で嫌われているのがわかった。もちろん、ニックにしてみれば意外でもなんでもない。ダニエルはただちに第一容疑者になった。だが、このことはしばらく自分の胸にしまっておこう。タビーに言っても信じないだろうし、嫉妬《しっと》のせいだと言い出しかねない。

一方タビーは、けさの自分の振舞いについて反省を試みていた。ハーレムの女のようにキッチンのテーブルに押し倒され、愛撫されるがままというのは、どうもうしろめたい。ニックは街へ帰ってきて以来、ことあるごとに自分の存在を強調している。おまけに、タビーとダニエルの間柄には嫉妬らしきものを見せ、やたらと彼女を守りたがる。

うれしいけれど、これは愛ではない。長続きするようなものですらない。事件の捜査中に、たまたま手近なところにタビーがいたというだけだ。もしかしたら、長く女性とのつきあいがなかったのかもしれない。タビーは、彼の亡くした恋人のことが気になった。そこで、午前中の暇な時間に話がしたくなったと口実をつけ、ヘレンに電話してちょっと詮索《せんさく》してみることにした。

「調査はどう？」ヘレンがきいた。

「順調だと思うけど、ニックがなにも教えてくれなくて。ねえ、ヘレン」タビーはゆっくりと切り出した。「ルーシーのことを教えてくれないかしら」

「まあ。もうきいてこないかと思ってたけど」ヘレンがやさしく言う。「ニックが彼女とデートするようになったのは、あなたがうちのスキー旅行に一緒に来るのを断った直後よ」

タビーはどきりとした。「でも、誘ってくれたのは、あなただったじゃない……」

「ニックに頼まれてね。わたしは、兄があなたに来てもらいたがっているとまで言ったわよ。でも、あなたはもうさんざん兄にすげなくされていたから、いまさらそんなことを聞いても信じられなかったんでしょうね。残念だわ」

タビーは受話器のコードを指にまきつけ、ねじれるのを眺めた。「わたしも。ニックが言ってたけど、メアリーはわたしに大嘘をついたんですってね」

「メアリーね！」ヘレンは苦々しげに言った。「ええ、ほんとうよ。わたしはあなたが大学に入ってから聞かされたんだけど、あの女、あなたがニックに憧《あこが》れているから、つぶしてやったと言って笑ってたわ。ニックが欲しかったのに、彼はそうでもなかったからよ。まったく、悪意に満ち満ちているわ。もっと早く知っていればよかったのに」

「でも、ニックは彼女のものにならなかったわ」タビーは静かな満足感を漂わせて言った。

「そう、だめだった」ヘレンもそっけなく言う。「結局は二〇も年上のはげた銀行家と結婚して、この前見たときなんか、ご主人より老けてたわ。いい人生じゃなかったみたい」

「かわいそうに」タビーが言う。

「かわいそうなのはあなたよ。メアリーがあんなことをしなければ、いまごろあなたはニックと結婚していたかもしれないのよ」

「まさか。ニックは結婚するようなタイプじゃないもの。そうでしょう？」

「どうかしらね。ルーシーが殺されるまでは結婚するタイプだったような気がするんだけど、彼女を亡くして怖《お》じ気《け》づいたみたい。心にかけている人を失うのがどんなにつらいか、思い知ったのよ。たとえ、愛していなくてもね。自分の心を危険にさらすのが怖くなったのよ。とくに……」ヘレンは考え込んで、ことばを継いだ。「自分を抑えられないほど、その人を愛してしまいそうな場合はね。新年にそっちへ帰って以来、兄はあなたの名前を聞くとすごく機嫌が悪くなるの。でも、なんだか変わったみたい」

「そういえば……前ほどぴりぴりしてないわね」

「ニックが?」ヘレンはくすくす笑った。「お手柄よ。こっちではいまにも砕けそうだったんだから」

「きっと、事件のせいよ。わたしのせいだなんて、うぬぼれたくないわ。ニックは難しい謎《なぞ》解きを楽しんでいるだけよ」

「楽しんでいるのは謎解きだけ?」ヘレンがもの柔らかにきき返してくる。

タビーはけさ裸を見られたときのニックのまなざしを思い出し、まっ赤になった。「ルーシーって、どんな人?」つらい質問だった。

「華奢《きゃしゃ》な美人で、むこうみずだったわ。ろうそくの炎のようにぱっと燃えあがって、ぱっと消える人よ。むちゃをするし、危険なことが好きで、ニックにそっくりだった」ヘレンはことばを切り、電話のむこうのタビーと同じように考え込んだ。ニックは危ないことが好きだから、彼の命はいつも危険にさらされている。いつルーシーの二の舞になるかわかったものではない。ヘレンはぞっとした。

「彼女を愛していたの?」タビーがきいてきた。

「好きは好きだったみたいよ。刺激的で官能的な人だったから、熱烈な関係だったようね。ニックは結婚を口にしたことがあるけど、でも、あんまり本気じゃなかった。このことは兄には言ってないんだけど、わたしは結局は兄のほうから別れるような気がしてたわ。目のさめるような魅力の持ち主とは思っていても、のめり込んではいなかったもの」

「やっぱり、ニックのように世慣れた男の人は、そういう女性に惹《ひ》かれるんでしょうね」

タビーがぼんやりと言った。

「もちろん、ベッドではね」ヘレンは笑った。「でも、結婚相手はべつよ。実行こそしてないけど、ニックはあれでも徳を徳として重んじる育ちはしているの。いつか腰を落ちつける日がきても、社交好きのあでやかな蝶々《ちょうちょう》を選んだりしないわよ。きっとパイプをくわえて、アームチェアに座って、子供を膝にのせて、おやすみの前のお話を読んでやりたがるに決まってるんだから。ねえ、これだけは忘れないで。ニックには家庭的な夫になる素質が充分あるの。ただ、本人がまだ気づいていないだけよ」

「わたしも、できることなら……」タビーは熱っぽく口を開いた。

「ニックをあきらめてはだめ」ヘレンはやさしく言い聞かせた。「たしかに、わたしも一度は、あなたにあきらめさせようとしたけれど、一月以来兄は変わったの。ほんとうに変わったの。だから、もう一度頑張ってみて」

「ニックがわたしを欲しがっているの」タビーはだしぬけに言った。

「よかったじゃない。正しい方向に一歩踏み出したわけね。でも、あっさり言いなりになっちゃだめよ。ほかの女性とは違うんだっていうところを見せて、振り向かせるのがいちばんなんだから」

「わかってる。でも、難しくて」タビーの本音が出た。「ああ、ヘレン、わたし、ほんとうにニックを愛しているの」

「わたしもよ」ヘレンも兄への愛情を認めた。「なんだか、とても特別な存在なのよね。でも、あなたも特別よ。また、様子を知らせてね。こんどのことやニックのことで、気を病んじゃだめよ。きっと、みんなうまくいくんだから。ほんとうに、来年のいまごろは、なにもかも忘れているわよ」

「そうだといいけど」タビーは言った。だが、電話をきってからだいぶたっても、その確信はなかった。

5

ニックがパソコンを使い終わって研究室を出ると、廊下に人だかりができていた。生物研究室のドアが開いていて、なかから金切り声が聞こえる。ニックはごくさりげない顔をして、研究室に入っていった。

なかではフラナリー博士が、ひどく興奮したパルをなだめていた。どうも博士が両手でしっかり握っているものを、取りたいらしい。

「これはだめだ!」博士が猿に言う。「いったいどこから持ってきたんだ?」

「なにを持っているんです?」ニックがおもしろそうに尋ねた。

フラナリー博士が肩ごしにこちらを向き、ほんのり赤い顔をさらに赤らめた。「デイ先生の車のキーですよ。まったく、どこで見つけたのやら。きっと、先生がここに寄ったんでしょう」

「フラナリー、こんどは盗みを教えているのか?」ダニエルが戸口に立って、例の人を見くだしたような口調で尋ねた。これには、だれもが腹だたしい気持ちにさせられる。

「冗談じゃない！」フラナリーは息をつまらせ、いっそうまっ赤になった。「昼休みに、これをデイ先生に渡してもらえるかね？」鍵《かぎ》の束をダニエルに渡して頼む。「わたしは会議があるんでね」

「喜んで。それにしても、この獣は生まれつきの泥棒だな。ぼくなら、こいつを見張るがね」

「それがわたしの研究だ」

「霊長類の研究なんて、時間のむだじゃないか」ダニエルがぶつぶつ言う。「わかることといえばせいぜい、手癖の悪さが名人級ということぐらいさ」

「あんたの専門は歴史じゃないのかね？」フラナリー博士はしんらつに言い返した。

ダニエルは肩をすくめた。「生物学者でなくても、態度の悪い動物は見ればわかるさ」

彼は戸口で聞き耳をたてているニックを、いらだたしげに見た。「ミスター・リード、なにかご入用かね？」

「必要なのはタビーだけだ」ニックが官能の響きをにじませてこたえると、さすがの鈍感なダニエルにも通じた。

ダニエルはふんぞり返った。「ぼ、ぼくのフィ、フィアンセは、まだ講義中だ」

「知ってる」ニックは体を起こした。「彼女が来るまで、かわりに教えててくれて助かったよ」

「どうしてそれを知っているんだ?」ダニエルが問いただす。

ニックの顔がゆっくりほころんだ。「タビーにきいてみろよ」ニックは廊下に出ると、こんどはデイ博士を探しに行くことにした。

美術学科はべつの棟にあり、デイ博士は廊下の角の教室で、荷物をまとめてアタッシェケースに入れているところだった。黒髪がふさふさした背の高いやせた男で、少し神経質になっている。

「デイ先生?」ニックに自己紹介をして握手をした。「ちょっとお邪魔します。先日の窃盗の件で、できるだけ情報を集めていましてね」

「ぼくが関係してるとでも?」デイは一瞬にしてむきになった。

「いや、とんでもない」ニックはおおらかな口調でこたえた。「ただ、あんな大昔のものを盗み出してなんの得があるのか、心あたりでもあればと思って」

デイはほんの少し肩の力を抜いた。だが、アタッシェケースに書類をかき込む長い指が震えている。「なにゆえ人は盗みを働くか。金が欲しいからだ」

「ほかにも動機はありますよ」

デイはちらりとニックを見た。「職業上のねたみだって考えられる」ひとりうなずいている。「いや、ここだけの話だけど、ダニエル・マイヤーズ先生は人一倍その傾向が強くてね。彼とハーヴィ先生は専門分野が違うけど、以前はかなり真剣に競争していたみたいだ。でも、ふたりは婚約したんだから、意見の相違も解消したんだとは思うけどね」

ニックはさらに質問をしたあとで、デイに伝えた。「ところで、マイヤーズ先生があなたの車のキーを持ってますよ。昼休みに返してくれるはずだ」

「なんで、マイヤーズ先生がぼくのキーを持っているんだ？」デイはいらだたしげに言った。

「フラナリー先生のところの、霊長類の研究課題動物が取ったらしい」

「あのいまいましい猿め！　だれかに食われてしまえばいいんだ。まったく手に負えない厄介者が！」

「あのフロアの先生方も、大半はそう思っているでしょうね」ニックは眉をひそめた。「迷惑でなければ教えてもらいたいんだが、どうしてあなたのキーが生物研究室にあったんです？」

「あそこにはこの二日間、行ってないんだけどなあ」デイ博士は真顔になった。「あのキーを最後に見たのは、視聴覚教室にいるときだ。視聴覚教室は図書館のなかで、図書館は、生物研究室がいま一時的におかれている本館の隣にあるんだ」

「まさか、あの猿は建物を自由に出入りしてるわけではないでしょう？」

「あいつは鍵をこじ開けられるんだよ。知らないのかい？」デイはばかにしたように言った。「まるで人間だよ。ぼくはそれが怖いね。そのうち朝来てみたら、あいつが学部長の部屋で葉巻をくわえて、ブランデーを飲んでいたなんてことになりかねない。そうしたら、フラナリーの大事な大事な研究費は、どうなるんだろうな?」

デイ博士にとっては笑いごとでしかないらしい。ニックは礼を言って別れると、さらにキャンパスのなかで数箇所に寄った。それが終わるとそろそろ昼休みなので、タビーを探しに戻った。

タビーは研究室にいたが、ダニエルと喧嘩《けんか》のまっ最中だった。

「そんなんじゃないわ!」タビーが言う。「ダニエル、あなたがそんなことを信じるなんて!」

「ほかに信じようがあるか? それに、彼がこの時期に帰ってきたというのも、少し都合がよすぎないか?」ダニエルはなおも言い張った。「まったく、きみときたら、彼が部屋に入ってきたとたん、よだれを流さんばかりじゃないか! ぼくたちの本のことだって、もう何日も報告してこない。夜電話をしても、つかまらない。そこへきてけさは遅刻したあげく、きみがぼくに代講を頼んだことを、あの男は知っている。どうしてだ?」

「ハニー、遠慮するなよ。教えてやれ」ニックが戸口にたたずんでけしかけた。

タビーはぱっと顔を赤らめた。「へんな言い方をしないで!」

「どうして? それが事実なんだからしかたない」ニックがタビーのブラウスに目をやると、タビーはさらに赤くなった。「彼女はおれのせいで遅れたんだ」ニックはダニエルに言って、にやっと笑った。

ダニエルは怒りでまっ赤になって、タビーをにらんだ。「そういうことか。きみは、昔の片思いだと言ったが、そんなのは嘘《うそ》だ。きみたちは関係があるんだ。そうだろ?」

「まさか!」タビーはあえいだ。

「それに、おそらく共犯なんだろうな」ダニエルは怒りの口調で続けた。「タバサ、あれを盗んだのはやっぱりきみだ。それも、ぼくの信用を傷つけるためにやったんだ! ブラウンが引退したら、序列から言って、ぼくが史学科の主任に昇進する可能性が高い。きみは、ぼくのほうが地位があがるかもしれないと思うと、我慢ならないんだろう?」

「ダニエル、そんなの、全然筋が通らないわ!」タビーは叫んだ。「重要な古代の遺物を盗んだら、信用が傷つくのはわたしなのよ!」

「そのきみの婚約者であるぼくの信用も傷つくんだ!」ダニエルも怒鳴り返した。「きみにプロポーズするなんて、ぼくは頭がどうかしていたよ!」

ダニエルは怒りでおかしくなって部屋から出ていった。ニックの黒い瞳は、タビーの青い顔をじっと見つめていた。「おれはきみがやったとは思ってないよ」

タビーはすっかり沈んでいた。「ありがとう。その点に関してはね」うんざりした顔でニックをにらむ。「でも、わたしたちに肉体関係があると、ダニエルにほのめかしたことについては違うわよ」

「きみの頭がもっと柔軟だったら、おれたちはとっくに肉体関係ができているさ」ニックはさらりと言ってのけた。「おいで。昼食をおごるよ」

タビーは疲れてあらがう気にもなれなかった。それに、公共の場でならロマンチックなおふざけにおよぶ危険は、ほとんどないはずだ。

少なくとも、タビーはそう思った。だが、ニックの考えはべつだった。彼はファーストフードの店でフライドチキンを買うと、タビーを近くの公園へ連れていき、大きく枝の張った樫《かし》の木陰に入った。

「気持ちがいいな」熱々のチキンを食べながら、ニックが言った。

「少なくとも、静かね」タビーも賛成した。もし、これほど人けのない場所でなければ、もう少し気が楽なのだが。近くを流れる小川のせせらぎに、まわりの木でさえずる小鳥の声が交じり合っている。

「たいへんな朝だったから、少し静かな時間が必要だと思ってね」

「ダニエルが電話してきたときにあなたがいたことを、どうしてわざわざ彼に言うの？」

タビーはみじめな声できいた。

「どうして、隠したがる？」ニックがきき返す。「きみはダニエルのものじゃないんだ。それどころか、やつを欲しいとさえ思っていないじゃないか。あの男は自分の出世のために、きみを利用しているだけだ。そのぐらい目を使わなくたって見えそうなものだが、きみには見えないらしいな」

「あの人がわたしを欲しがる理由なんて、あのときはどうでもよかったの」タビーは本心を打ち明けた。「わたしはただ……」

「おれに仕返しがしたかった」ニックはタビーのことばを引き取って言うと、苦々しいまなざしを浮かべ、三つ目のチキンを食べ終えた。それからナプキンで口と手をふき、紙コップのコーヒーをひと口飲んだ。「おそらく、その気になればきみだって結婚できるというところを、おれに見せたかったのさ。大晦日《おおみそか》に、おれが手ひどくはねつけたからね。こんな妙なことをしでかすのも当然だ」

「あれはお酒のせいなのよ!」

ニックは真剣な表情でタビーを見た。「いや。きみはおれが欲しかった。なのに、おれが拒んだ」

「そんなの、わかってるわ。そう、何度もくどくど言わないでよ」タビーは消え入りそうな声で言い、目をそらしてコーヒーのカップを見た。

ニックはタビーをまじまじと見た。ぱりっとしたグリーンと白のプリント柄のシャッドレスがよく似合う。髪は頭のてっぺんでまとめて、グリーンのスカーフで包んでいる。いつもより若く、ひどく動揺しているように見えた。

ニックは顔をほころばし、樫の木に寄りかかった。きょうはダークブラウンのスラックスによく合うジャケットを着てきたが、ネクタイと一緒に脱いでいた。ワイシャツの袖《そで》はまくりあげ、襟のボタンもはずしている。風に髪をなびかせ、のんびり脚をのばした姿は無造作で優雅だった。

「キスを始めたが最後、きみにどんなにかき立てられるか、あの晩思い知ったよ。ずっと前、おれはきみに興味があったんだが、こっちが少しでも近づくと、きみはすぐあとずさった」

「全然近づかなかったくせに」タビーが言い返す。

「いや、近づいたね。ひとつ例をあげようか。おれはきみとパーティに行きたくて、週末に法学部に遊びに来るように誘ったぞ」

タビーはニックの瞳を見つめた。「でも、からかい半分だったわ。あなた、にやにやしてたもの」

「きみのほうは赤くなって、もごもごなにか言うとぱっと逃げ出した。だが、おれは真剣だった。あれは本気だったんだ」

「でも、パーティーのお相手にはこと欠かなかったでしょ?」タビーは硬い表情になった。

「ああ。だが、欲しいのはきみだった。タビー、一八のきみを見たとき、おれの体はうずいたよ」ニックは低い声で静かに言った。「どこにいても、きみに目を引かれた。だが、きみときたら恥ずかしがっておれの顔も見られない始末だ。ＦＢＩに入ったときも、もう一度近づこうとしたが、結果は惨憺《さんたん》たるものさ。だから、自分を守りたくてルーシーに近づいた。自分がまだ男だってことを証明したかったのさ」

タビーは胸を大きく波打たせてため息をついた。「亡くなったことが忘れられないって聞いたわ」

「あまりに突然だったからね。彼女のことは好きだったし。それなりにうまくいっていたんだ。あのままいけば結婚していたかもしれない」ニックはタビーの悲しげな顔をじっと見つめた。「だが、ルーシーはぼくにとって、残念賞にすぎなかった。本命のかわりだったんだ」ニックはむっくり起きあがり、タビーの目をまっすぐ見た。「まだ、わからないのか？　おれはもう何年も、きみに怖がられているものとばかり思っていた。それが大晦日の晩に突然、きみに飛びつかれてキスされて、とてもじゃないがよけきれなかったよ。きみがほんとうにおれを欲しがっているなんて信じられなかった。酔って頭がどうかしているんだと思ったよ」

「そうよ、どうかしてたのよ！」

ニックは首を振った。「違うね」彼はふたたび寝そべると、両手を広げた。「おいで」

タビーは凍りつき、唇を震わせて誘惑と闘った。

「さあ」ニックが笑顔でなだめるように誘う。

タビーは大きく目を見開いた。「いやよ」息がつまりそうだ。

「これじゃ誘惑がたりないか?」ニックは手をおろしてシャツのボタンをはずした。前を大きく開けると、胸毛におおわれた筋肉質の胸があらわになり、タビーの視線は釘《くぎ》づけになった。「さあ、おいで」ふたたび両手を広げ、静かに挑む。

タビーは分別に逆らってニックに近づいた。するとニックはタビーを自分の上に引き寄せ、ゆっくりと欲望のおもむくままに彼女の唇を探り、舌先をそっとさし入れた。

タビーが息をのみ、ニックはほほえんだ。タビーをゆっくりあおむけに寝かせ、キスを続けながら、柔らかい乳房をやさしく手に包み、まるで自分のものであるかのように愛撫《あいぶ》する。

「触れてごらん」ニックがかすれた声でささやく。

タビーはがっしりしたニックの温かい胸を、両手で上に下に撫《な》でた。その肌ざわりも、鼓動が強くなっていくのが指先に伝わる感触も最高だ。そよ風が吹き、あたりを満たすのは小鳥のさえずりだけ。そんな静寂のなかで、荒くなっていく自分の息が、そしてニックの息が、やけに大きく聞こえた。

タビーがうっとりしていると、ニックが彼女の手をつかんで胸から固く引き締まった腹部へ、そしてさらに下へと導いた。やがてその手が、ニックの欲望がもっともあらわな箇所に触れる。

タビーは手を引こうとしたが、ニックは放そうとせず、彼女のうっすら開いた唇を熱く執拗《しつよう》に攻めた。きわめて甘美な永遠にも思える一瞬、タビーは自分の、そしてニックの欲望に負けて、教えられるがままに従った。

ぴったり合わさったニックの体の感触が、タビーから思わぬ反応を引き出す。タビーは、ニックを満たしたい、思いをとげさせたいという激しい思いに熱くなった。わたしがしているように、あなたにも触れてほしい。服を取り去って、素肌にキスしてほしい。あなたにおおいつくされたい。あなたをおおいつくしたい。大地が水を吸い込むように、あなたのすべてを吸収したい……。

タビーは無意識のうちにほとんど涙声で、心に秘めた欲望をささやき、手をいっそう強く押しつけてニックの感触を覚えた。

ニックはうめき声をあげ、タビーのゆるみきった脚のあいだで身じろぎした。突然、欲望に高まった体の感触が、強く押しあたる。これまで男性経験がないタビーは、生まれてはじめて知る感覚に悲鳴をもらした。

「ニック……だめ！」タビーはあえいだ。

だが、ニックには聞こえていなかった。あたりにはまったく人けがなく、ふたりだけだった。ニックはスカートの下に両手を入れてタビーに触れ、道を開いた。やがて、かすかに衣《きぬ》ずれの音がして、タビーはニックの体をじかに感じた。

「ニック！」タビーは叫んだ。

「大丈夫」ニックがタビーの耳もとで息をはずませてささやいた。震える手でタビーを撫で、探るように体をすり寄せる。ニックは息をのみ、抑えきれずにうめいた。「ああ、タビー、頼む！　お願いだ！」

ニックはこのうえなくやさしくタビーの口をおおい、苦しいほどの猛烈な欲望に、体を押し進めた。タビーはつらくて叫んだ。だがすぐに、ニックと完全にひとつになったのを感じ、彼がゆっくり慎重に動きはじめると、その途方もない感覚にあえいだ。

ニックはタビーを愛しながらキスを続け、舌で体と同じ動きをしてみせた。タビーの上でゆっくり、少し不安定に揺れながらも、やがて巧みに彼女の快感を引き出していく。ニックはうわずった声で甘くささやき、タビーの腰を持ちあげた。

タビーはその動きに信じられないほどかき立てられ、大きく体を震わせた。激しい感覚が炎のように全身に広がり、タビーの体を奔放に動かし、思考力を完全に停止させた。もはや、タビーにわかるのはニックだけ。その熱い抱擁と、激しく駆りたてられた動きだけだった。ニックに飽くことなく快感を引き出され、やがてタビーは甘く激しい苦痛に体をこわばらせた。

タビーの名前をくり返し呼ぶうちに、ニックの動きが突然速くなった。タビーのまわりで、体のなかで、世界が粉々になり、タビーは悲鳴をあげた。熱い収縮に痙攣《けいれん》が止まらず、怖いほどの快感にわれを忘れそうだった。

ニックも絶頂に達してかすれた叫び声をあげ、タビーの上で体を弓なりにそらした。たくましい体をさいなむ、信じがたいほどの甘い苦痛に、彼の顔はゆがんでいた。

しばらくして意識が戻ってくると、タビーは体じゅうが冷たくて気分が悪かった。ふたりとも服を着たままだ。ニックはどうしても邪魔なものしかどけなかった。彼は、だれが来るかもわからない公園の木陰で、タビーを抱いたのだ。公園に人けがあろうとなかろうと、このさい関係なかった。こんなのは淫《みだ》らで、胸が悪くなる。

タビーは泣きだした。ニックの謝る声がぼんやり聞こえ、乱れた服を直してくれるのがなんとなくわかった。そのあとで、ニックは自分の服も直した。彼はタビーを起こして抱き締め、良心の呵責《かしやく》に顔をゆがめた。

「なんてことだ」ニックは自分のしたことが信じられなかった。「ああ、タビー、こんなことをするなんて！　すまない、ほんとうにすまなかった」

ニックは顔を曇らせ、涙をぬぐってやったが、タビーはうつむいたままだ。ニックから離れて立ちあがった。驚くほど、体に力が入らない。

「家に送ろうか？」ニックがゆっくりと尋ねる。

「仕事に戻るわ」タビーは声を震わせた。「わたし……わたし……」

ニックはタビーの肩をつかんで振り向かせた。「きみを傷つけてしまった」

タビーはどうしていいかわからず、ニックの手から逃れて走りだした。ニックがすぐに追いついてきたが、タビーは顔をあげなかった。目に涙があふれ、まわりの世界がぼやけていた。

「家に送るよ」ニックがぶっきらぼうに言う。「せめてシャワーを浴びたほうがいい」

家に向かうまでのあいだ、ふたりは口をきかなかった。タビーは大学に電話をして、遅くなったがすぐに戻ると伝えた。もう、なんと思われようとかまわなかった。ダニエルからも、すでに婚約破棄を言い渡されたようなものだ。でも、いい、どうせわたしはふしだらな女だから。ニックの女。ニックの……愛人。彼は結婚など望んでいないのだから、それ以上の存在になどなれはしない。

タビーはいそいで寝室へ入ると着替えを並べ、シャワーを浴びた。グレーのシルクのブラウスとスラックスを着て化粧をしなおすと、わずかに気分がよくなった。だが、居間を行ったり来たりしているニックを見たとたん、心が重く沈んだ。

「もういいのかい?」ニックが硬い口調できく。

ニックも気が重いというわけ? よかった、おあいこだわ! タビーはバッグを抱えてニックとともにそとに出ると、玄関のドアに鍵をかけ、車の助手席に乗り込んだ。瞬間、かすかに痛みを感じてびくっとする。はじめての経験だったうえ、ニックがやさしくしてくれなかったからだ。

ニックはタビーの軽い不快感を見逃さず、小声で自分をののしった。

「すまなかった」良心にさいなまれて、ふたたび謝る。

タビーは前方を見たまま、ぎゅっとバッグを握った。「これ……痛くてふつうなんでしょ?」

「そうらしい。よくわからないけど。バージンの女性と愛し合ったのははじめてだから」

「なにが愛よ」タビーは顔を赤らめ、押し殺した声で言った。「てっとりばやくすませてしまっただけじゃない。あなたが女性に飢えているところに、ちょうどわたしがいただけだわ!」

ニックはエンジンを切ってタビーのほうに向き、落ちつきなくタバコに火をつけると窓を開けた。「たしかにあっという間だったさ」ニックの自尊心は傷ついていた。「だが、たまたまきみがいたからでも、おれがセックスに飢えていたからでもない。きみだって文句を言うどころか、おれの下で満たしてくれと叫んでいたじゃないか!」

タビーは激しい屈辱に、両手で顔をおおった。

「違うんだ、いまのは本気で言ったんじゃない」ニックはうんざりして言い、汗ばんだ髪に片手をすべらせた。「本気じゃないんだ。タビー、きみはすごかった。ほんとうにすごかったよ。おれじゃ、きみを満たしてやれないんじゃないかと思ったぐらいだ」ニックは自嘲《じちょう》ぎみに言った。「きみはこれまでのどんな相手よりも、女を感じさせる」

タビーはニックの顔が見られなかった。それがまた、タビーをいっそうひどい気分にさせた。

「自分が抑えられなくて、きみの体を守ってやることもできなかった」そう言ってタビーの平らな腹部に目をやったとたん、恐怖に襲われた。「頼む、いまは妊娠する時期じゃないと言ってくれ」

タビーがこれまで最悪だと思っていた悪夢のすべてが、白日のもとにさらされてしまった。思わず目をつぶる。ああ、時間を戻せるものなら、もう一度やりなおせるものなら。

「たとえなにが起こっても、あなたには迷惑をかけないから、ご心配なく」タビーは歯を食いしばって言った。

ニックは青くなり、タビーをぐいと振り向かせた。タビーが自分のなかに引きこもり、理性を失ってしまったように見えて、ぞっとした。彼女の信仰に根ざした人生観までは考えに入れていなかった。

「おれたちは愛し合ったんだ！」ニックは叫んだ。「だれかと寝るのは罪じゃないんだ！」

「そうかしら？」タビーはニックと目が合わせられなかった。「それじゃどうして、こんなにみっともなくて、安っぽい気分になるの？」

なんとも気になる口調だった。ニックはタビーの肩をつかんでゆさぶり、声をとがらした。「ばかなことはしないでくれ。わかったか？」

「そこまで絶望してないわ」タビーはそっけなく言い、ニックから体を離して大きなため息をついた。「ニック、とにかく仕事に戻りたいの」

その日、ニックは夜になってもタビーの様子を見に来るどころか、電話一本かけてこなかった。わたしが大丈夫か、窓から飛び降りはしないか、心配ではないのだ。これでニックがわたしを欲しくもなければ、気にもかけていないことがはっきりした。

とはいうものの、ベルが鳴ると、ニックが謝りに来たのだと確信して、玄関に飛び出した。

だが、そとにいたのは、罪悪感にさいなまれて心配そうな顔をしたダニエルだった。

「ぼくがあんなことを言ったから、怒っているのはわかってる」彼は低い声でぼそぼそ言った。「悪かった。きみは午後、ずっと動揺していたね。あのプレイボーイの探偵とは、なんでもないのはわかっているよ。だから、謝りたくて来たんだ」

「ああ、ダニエル！」ダニエルの深い同情はまったく思いがけなく、タビーは戸口で彼の腕に飛び込み、胸がはりさけんばかりの声で泣いた。

「さあ、さあ」ダニエルはどうしてよいかわからず、タビーを家のなかに戻して、手探りでドアを閉めた。

ふたりとも、ちょうど芝生を横切ってきたニックには気がつかなかった。ニックは、バスローブ一枚のタビーが歴史学者に抱きつくのを見て、その場に立ちつくした。

つぎの瞬間、ものすごい勢いで自分の家に戻ると、ドアを激しく叩《たた》きつけた。きょうは一日、自分が蛇よりも下劣に思えた。だから、あれから自分の良心とさんざん闘ったのち、タビーの無事を確かめたくなったのだ。ニックは自制心を失った自分が許せなかった。タビーもおそらく憎んでいるだろう。

だが、ダニエルの腕のなかにいるタビーを見た瞬間、ニックはなにを言うつもりだったのかわからなくなった。一瞬にして忘れてしまったのだ。いまや彼は混乱して傷つき、凶暴なほどの嫉妬《しっと》を感じている。タビーはゲームでもしているつもりなのか？　これからダニエルを寝室に誘って、きょうの経験をさっそくおすそわけするのか？

いや、タビーは絶対にそんなことはしない。たとえ、彼女がダニエルをどうしようもなく欲しがっているとしてもだ。タビーはそういうたぐいの女ではない。

きっと、ダニエルに慰めを求めたのだろう。むりもない。ニックが彼女に与えたのはほんのひとときの快楽にすぎず、あとには何カ月もの羞恥《しゅうち》と苦悩の日々が続き、さらにはどちらも望んでいない子供がやってくるかもしれないのだから。

ニックはこのさきどうすればいいのかわからなかった。本能の声は、隣に行って、スコッチのボトルでダニエルの頭をなぐってこいと告げている。それにはまず、スコッチのボトルをあけなくてはならない。

ボトルを手に取って、まじまじと見る。うん、いい考えだ。ニックはひとりうなずいた。スコッチをグラスについで、一気に飲みほす。胃にしみわたる感じがなんともいえない。ニックはソファに寝ころがって、ふたたび酒をついだ。

真夜中になったころ、タビーの家に停《と》まっていた車が出ていった。あの気取り屋め、やっと帰ったか。

ニックは受話器を取って、タビーの家の番号を押した。二回ともよその家にかかった。三回目にして、ようやくタビーが出る。

「うまくいきっこないのさ」ニックは舌がもつれないように気をつけた。「おれはダニエルに嫉妬なんかしてないぞ」

「勝手になんでもしてるがいいわ！」タビーは激怒した。「もう、たくさんよ！」

「こっちへ来て、おれと一緒に寝てくれ」ニックがぶつぶつ言う。「タビー、きみが必要なんだ」

「わたしはあなたなんか、いらない」タビーはかすれた声で言い、しだいに涙で声がこもった。「あなた、お酒を飲んでるんでしょう」心の痛みにさいなまれていても、さすがにニックのろれつが回らない低い声には気がついた。

「ウイスキーを一本かそこらね」ニックはちゃんとこたえた。「からのボトルが必要だったんだ。中身が入ってちゃ、なぐれないだろ？」

「なぐるって、だれを?」

「きみの彼氏さ。タビー、おれはあいつの脳天をぶち砕くぞ。やつに、もう近づくなと言うんだ。きみにさわらせるものか。きみはおれのものだ」

タビーの心臓は早鐘のように打っていた。でも、こんなのは酔っ払いのたわごとだ。

「いいえ、違うわ」きっぱりと言う。「あなたこそ、もう近づかないで。わたしのことはほっといて」

「そいつはむりだ。なんたって……」ニックは小さくしゃっくりをした。「事件を解決しなきゃならないんだから」

「じゃあ、解決してよ。でも、わたしには二度と近づかないで」タビーは硬い口調で言った。「あんなのは、一度でたくさん」

「いや」ニックがぶつぶつ言う。「一度でたくさんなんてものじゃない。すばらしかったよ、ベイビー。とてもすばらしかった! あんなふうに、天に届く感じははじめてだ。タビー、きみとだけだよ……」

タビーは赤くなって、受話器を叩きつけた。電話がふたたび鳴ったが、タビーは無視して、青い顔でベッドに入った。

あんなのは一度でたくさん。タビーは自分にきっぱりと言い聞かせた。ええ、ニック、もう二度とお断りよ。

6

　翌朝タビーは、起きて着替えて仕事に行くには、努力がいった。気分はすぐれず、体は痛むし、頭が仕事のことに向かない。教えるのは機械的にこなせても、心が千々《ちぢ》に乱れているのが顔に出てしまうはずだ。

　ニックとはゆうべ以来話していなかった。おそらくいまごろ家でとびきりの二日酔いに悩まされているだろうが、かまうものか。いまはただ、彼がキャンパスにいないのがありがたい。顔を合わせたりしたら、きっと気分が悪くなるわ。ああ、どうしてあんなふうに節操もなく、彼にされるがままになってしまったのだろう？

　ニックを愛しているからよ。タビーは苦いあきらめの気持ちで思った。彼女にとって、あれは愛の告白と責任の約束だった。でも、ニックにとってはちょっとした楽しみ、責任のないいつかの間の快楽にすぎない。わたしの体を守ることすら考えてくれなかったじゃないの。タビーは顔を赤らめた。もっとも、すっかり熱中していて、考えるどころではなかったのもたしかだ。ニックはいつもああなのだろうか？　それとも、欲望が激しすぎて、あとさきも考えられなかったとか？　タビーを欲するあまり、あのクールで落ちついたニックがすっかり逆上したというのなら、少しは気が楽になりそうだった。

でも、世慣れて経験も豊富な彼だもの、そんなのはありえない。ニックはタビーにわれを忘れさせるすべをちゃんと心得ていて、そのとおりにした。あんな快楽が存在するなんて、夢にも思わなかった。虜《とりこ》になってしまいそう。タビーはみじめな気分で思った。まだ痛みがあるにもかかわらず、この体がまたしてもニックを求めてうずいているのがいい証拠。思い出はどれも甘くあざやかで、ニックの手と口の感触を知ったタビーの肌は、とても敏感になっている。

タビーの心は天国と地獄のあいだをさまよっていた。きょうはクラスで見せるために、小さな粘土板を借りてある。粘土板はいわば古代シュメールの文書で、絵文字が描《か》かれていた。これが仕事なのだから、せいぜい頑張って教えることにしよう。

「この粘土板は、古代シュメール文明のものです」タビーは粘土板を前に置いた。「これまでお話ししてきたのは、メソポタミアにおけるもっとも初期の共同社会についてです。場所で言えば、チグリスとユーフラテス川にはさまれた、現在のイラク南部ね。シュメール人は書きことばを発達させた最初の民族でした。最初に創《つく》られた書きことばがなにか、わかる人はいる？」

ひとりが手をあげ、タビーがうなずくと、その黒髪の青年がこたえた。「絵文字です」

タビーはにっこりした。教え子のなかでもとくに優秀なひとりで、タビーのようにいつの日か教職につくことをめざしている。「そのとおりよ、マイク。ものを記号で表してことばを伝える、絵文字が最初でした。それがもっと洗練されて、楔形《せっけい》文字と呼ばれる書きことばになるわけです。楔形文字は、ことばを音節ごとに楔形《くさびがた》の記号で表現したものです。それを尖筆《せんぴつ》と呼ばれる、先端をとがらせた葦《あし》の茎で、湿った粘土の板に刻みます。そのあと、日光で乾燥させたわけね。古代シュメールからは、こういう粘土板がいくつも出てきています」タビーは腕時計を見た。「じゃあ、きょうはここまで。あしたは、パピルス紙の作り方を、もう一度やります。それから、水曜日に試験があるのを忘れないで。そう難しくはないはずよ。きょうは午後ずっと研究室にいるから、わからないことがあったらどうぞ。あとから質問に来るときは、前もって面会の約束をしてね」

タビーは学生たちが出ていくのを眺め、自分にもあんな若いときがあったのだろうかと思った。もっとも、少し年のいった学生も多く、なかには四十代、五十代の者もいた。キャンパスは若者の場所、という時代は終わった。いまや年をとっていても、学位は取れるのだ。タビーは感慨深くほほえんだ。

タビーはシュメールの粘土板をガラスのケースに収めて鍵《かぎ》をかけ、ダニエルにはあとで返すことにして、まず机の上を片づけ、ちょっとのあいだ化粧室に行った。戻ってくると、研究室の前でダニエルが待っていた。

カメラをぶらさげたひょろりと背の高い若者を連れている。ダニエルは少しいらいらしているようだ。とはいえ、それが彼のふだんの姿だった。

もっとも、タビーを見るとにっこり笑った。ゆうべは昼間の喧嘩《けんか》をすっかり水に流して、やさしく慰めてくれた。でも、彼はタビーがとり乱していた理由を知らない。ふたりの喧嘩が原因と思っているのだ。タビーはほんとうのことは打ち明けず、婚約も破棄しなかった。でも、いずれはするだろう。ニックの子供を宿しているかもしれないときに、ダニエルと結婚できるわけがない。でも、いまはまだだめ。ほかに考えることがありすぎて、子供のことにまで頭がまわらない。

ダニエルはタビーを青年に紹介した。「タバサ、例のシュメールの粘土板は、きみが持っているのかい？　こちらはティム・マシューズ。ワシントン・インクワイアラー紙の人なんだが、あれを写真に撮りたいそうだ」

タビーは赤くなった。なにしろ、ニックとあんなことをした罪の意識を抱えながら、ふたりのあいだはなにも変わっていないという顔をしてダニエルに会うのだから。だが、はた目にはカメラを意識してそわそわしていると映った。

「いけない！　あなたに返すつもりだったの。待ってね、いま、鍵を開けるから……」

そのとき、生物研究室から金切り声が聞こえ、続いて激しく問いただす声がした。「どこに行ってたんだ！　そのうち、おまえは煮え湯にほうり込まれるぞ！　まったく、なにをやったんだ？」

　そのあとでぶつぶつと、消毒がどうのこうのという声が続いた。タビーは聞いていなかった。ぴりぴりして、それどころではない。

　タビーはぎこちなくドアに鍵をさし込んだ。ドアはひどくすんなりと開いた。床に長くのばしたペーパークリップが落ちていたので、なにげなく拾う。クリップを引きのばして落としていったのは、どの学生だろう？

「こっちよ」彼女のせまい研究室とドアひとつでつながっている、隣の小さな図書室にふたりを案内する。そして、タビーは凍りついた。

「こいつはまた、絵になるな」記者はにんまり笑うと三五ミリのカメラをかまえ、割れたガラスのケースを写した。「粘土板はこのなかに入れて、がっちり鍵をかけてあると言ってませんでしたか？」

「たしかに」ダニエルは気まずそうに言った。ちらっとタビーのほうを見る。「間違いなく、ここのドアにも鍵をかけたのかい？　いま来たときは、かかっていなかったじゃないか」

「絶対よ！」タビーはかすれた声で叫んだ。「間違いなく、かけたわ。ダニエル、わたしを信じて！」

「だが、粘土板が消えている。おや、これは。ここに毛皮かなにかも置いてあったのかい？」ダニエルが短い毛を一本拾いあげた。

「覚えてないわ」気分が悪くなりそうだった。

「タバサ、まずいよ、これは」ダニエルが声をひそめる。

「わかってる」タビーはみじめな声でつぶやき、壁に寄りかかった。「だれか、わたしを必死で困らせようとしてる人がいるんだわ」

「たしかに、そう見えるな。さあ、一緒に行ってやるから、学部長に説明したほうがいい」

「ハーヴィ博士、一枚撮らせてもらいますよ」記者が口早に言った。

タビーは手で顔を隠し、ダニエルのあとから廊下に出た。どきどきして心臓が飛び出しそうだった。学部長はきっと信じてくれないだろう。タビーが部外者のしわざに見せかけてケースを割り、古代の遺物を盗《と》ったと思うにちがいない。タビーは無実だが、もうだれも信じてくれないだろう。

「すまなかった」ダニエルが言う。「もちろん、リードのことで喧嘩したのも、悪かったと思っているよ。あの男のことは、気にすべきじゃなかった。だが、きみが盗んだと責めたことについては……ぼくはきみが無実だと信じているけれど」

「ありがとう、ダニエル。ほんとうに、わたし、やっていないわ。どうして、わたしばかりこういうめにあうの？」タビーはわっと泣きだした。ダニエルはタビーを自分の胸に引き寄せて一生懸命慰めたが、彼女は胸もはりさけんばかりに泣き続けた。

学部長はあらたな展開について黙って耳を傾け、渋い顔をした。「で、マイヤーズ、きみと一緒に新聞記者がいたと言うんだな? まったく、まいったな」彼はあきらめたように両手をあげた。「これで、われわれの評判もがた落ちだ!」

「でも、わたしは盗ってません!」タビーは胸を張って言った。

「なんだって?」学部長はタビーを見た。「ああ。ハーヴィ先生、もちろんきみじゃないさ。わたしもそこまで単純ではないよ。きみが自分の仕事と信用を危うくしてまで、大学か収集家でなければ欲しがらないようなものを、盗るとは思わないさ」

「ありがとうございます」タビーは静かに言った。「でも、だれも信じてくれないわ。それに、残念だけど、マスコミが大騒ぎすると思います」

「ああ、きっと、不愉快なことになるだろうな」

「理事会はどうです?」ダニエルがきいた。

「わからん。今夜集まってもらって、それでどうなるかだな。ハーヴィ先生、きみは家に帰って、ゆっくり休みなさい。話はあしただ」

タビーは言い返す元気もなく、うなずいた。

ダニエルは駐車場までタビーを送ってくれたが、理解は示しているものの よそよそしかった。「あの記者は、やっと帰ったようだ」ぶつぶつ言う。「タバサ、きみがこんなめにあって、ぼくもつらいよ」

でも、じっさいどんなめにあっているか、ダニエルはその半分も知らないのだ。タビーの人生は、この二日間でひっくり返ってしまった。

タビーは疲れた笑みを浮かべた。「ええ、ひどいことになったわね」

タビーは車に乗り込み、家に向かった。あらたな展開があったことをニックに知らせなくてはならないが、彼と話すなんて考えるのもいやだった。

そこで、ニックがつかまらないことを口実にして、ヘレンに電話した。

「ガラスケースが割られて、古代の遺物がまた消えたの」タビーはヘレンに泣きついた。

「みんなきっと、わたしがやったと思うわ。わたしの教室にあって、鍵も開いていたんだもの。わたしが責められるわ！」

「ニックを探して、すぐそっちへ行かせるわ」ヘレンが言う。

「だめ！　つまり、その、留守にするから。ちょっと、出かける用があるの。だから……いまの話を伝えてくれれば、それでいいわ」

「伝えるわよ。でも、ほんとうにいいの？」

「ええ、いいの。ありがとう」

「お安いご用よ。じゃあ、またね」

タビーは電話をきると家を出て大学に向かい、車を職員用駐車場のめだたないところに停《と》めた。そこからタクシーを呼んで家に帰ったが、ひと晩じゅう明かりはつけなかった。彼女がどこへ行ったか、ニックは頭を悩ませていればいいのだ。ふたりのあいだにあんなことがあったあとだけに、顔を合わさないですむのなら、なんでもよかった。

その日の朝ニックは寝坊して、ひどい頭痛で目覚めた。いやな習慣がつきそうだった。もう、やめよう。スコッチのボトルがからだが、これ以上はもう買わない。いいかげん、自分の感情を抑えるんだ。というわけで、その日は一日手がかり捜しに費やした。ニックは急いで大学へ行って、タビーの研究室からもう一度動物の毛を拾ってくると、それをFBIの研究所へ持っていった。その後はずっと、大学には近寄らなかった。ちらっとタビーの姿を見かけたが、ニックが避けたので、むこうも彼には気づかなかった。タビーに顔を合わせるのは気が進まないし、彼女もこっちの顔は見たくないようだ。

その夜帰宅すると、留守番電話に妹の声が入っていた。ニックはヘレンに電話をかけると、タビーの伝言とやらを聞いた。

「おれがつかまらなかっただって？」ニックは心配になって窓のそとを見た。あんなことをしたせいで、タビーが逆上しているかもしれないと思うと、落ちつかなくなった。だが、隣に車はなく、家じゅうまっ暗だ。おそらくモーテルにでも泊まっているのだろう。それとも、ニックは腹がたった。顔を合わせて話し合うのがいやだから、逃げたというわけか。

今夜もまたダニエルと一緒なのかもしれない。やつの家で、仲直りしているのだろうか。そう思ったら、ますます腹がたった。

「タビーはそう言ってたけど」ヘレンが言う。「なんだか、へんだったわ。ねえ、彼女、大丈夫?」

彼女がどんな状態かなど、考えたくない。「また電話する」ニックは電話を切った。

その夜遅く、FBIの研究所の旧友から電話があった。

「あの動物の毛のことで、教えておこうと思ってね。腰を抜かすぞ。ちゃんと座っているか?」彼はおもしろがっていた。

「座ったよ。さあ、聞かせてくれ」

報告を聞くうちに、ニックの顔がゆるみだした。やがて頭のなかがぱっと明るくなる。まさか、そんなに単純なことなのか? この仮説が証明できたら、タビーもほかの連中も仰天するぞ。さいわいまだ、責任をとらされたり、訴えられた者はいないが、さもなければ大勢が恥をかくところだ。

ニックはいったん電話をきると、こんどは学部長の自宅にかけた。いくつか質問し、あることを頼むと、すぐに承諾が取れた。だが、推理はまだ話さなかった。

これで、タビーの無実を証明するのに、なにをどうすればいいのかがわかった。あとは罠《わな》を仕掛け、ふさわしい証人の目の前で、それなりの結果を得るようにすればいいのだ。

だが、まずタビーと話さなければ。ニックは受話器を取ってタビーの番号を押し、じりじりしながら待った。タビーが家にいるのか、それともあのばかな婚約者と一緒なのか、どうしても知りたかった。

ニックがもうあきらめようと思ったとき、電話がつながった。

「はい？」タビーが静かにこたえる。

「おれだ」

タビーは心臓が飛び出しそうだった。思わず、受話器を落としそうになる。ニックと話すのは、彼が酔っ払って電話をしてきて以来だ。

「聞いているのか？」ニックがいらだたしげに言った。

「ええ。ちょっと、ぼんやりしてて。また、べつの古代の遺物がなくなったの」

「ヘレンに聞いたよ」しんらつな口調で言う。「どうやら、おれとは話もしたくないらしいな。これしきの状況も扱いかねているのか？」

タビーははっと息をのみ、受話器を握ったまま腰をおろした。「どうやって扱えばいいのか……わからなくて。こんなの、はじめてですもの」

「そう何度も言わなくても、おれがきみを誘惑したのはわかっているよ」ニックはむっとして言った。「良心のひとつぐらい、こっちにもあるんだ」

タビーは静かに大きく息をした。「わたしが止めるべきだったのよ」

「そいつは見ものだっただろうな。あそこまでいっておいて、やめられるとでも思うのか?」

タビーはトマトのように赤くなった。「さあ……」

「じゃあ、参考までに教えてやるが、いったんああなったら、男は並大抵のことではあとに引けないんだ。おれはかつてあそこまで熱くなったことはなかったが、ほかの男のそういう話は耳にしたことがあるんでね」

なにか大切なことを言われたような気もするが、タビーは恥ずかしくてそれ以上きけなかった。彼女は背筋を伸ばした。「なにか新しいことがわかった?」

「ああ。だが、きかれても、まだ教えられない。あることを計画しているんだが、それできみの疑いを晴らせると思う」

「犯人がわかったの?」タビーがおずおずときいた。

「ああ」

「ニック……ダニエルじゃないわよね?」

「あいつを愛しているのか?」ニックは鋭く問いつめた。「こたえろよ」タビーがためらうので、たたみかける。「タビー、いますぐにだ!」

「あなたも言ってたけど、もしそうだったら、あなたと一緒に芝生の上でころがるわけないでしょ?」

「あてこすりは似合わないよ。欲望と愛がかならずしも一緒じゃないことぐらい、本で読んだろ?」

タビーは目を閉じた。つまりニックは、欲望しか感じなかったと言っているのだ。タビーは胃がひっくり返りそうな思いがした。

ニックは自分の言ったことばの意味に気がつき、はっと息をのんだ。「きみのことは気にかけているよ」いまいましげに言う。「きみはおれの人生の一部だ。過去の一部だ。ずっと前から一緒だったじゃないか。きみを欲しがったのだって、感情抜きのたんなる欲望じゃなかった。さもなければいくらか自制心が残っていて、きみの体を望まない妊娠から守ってやったさ」

「あなたにとっては望まない妊娠よね。その点は最初からはっきりしてたもの」タビーはこわばった声で言った。

「まだ、心の準備ができていないんだ」まるでうなるように言う。「おれはいつもそわそわしてて、腰が落ちつかない。まだ、ひとところに定住するはめになりたくないんだ」

「そんなことは頼んでないわ」

「だが、もし妊娠したら……」

「もし、妊娠したら」と、タビーは落ちつき払って言った。「それはそのとき話しましょう。でも、中絶はしないから、そのつもりで」

ニックはなにも言わなかった。言えなかった。子供が父親なしで大きくなるのかと思うと、胸が痛んだ。またひとり、失うのがつらくなる相手が増えるのだ。ニックは怖くなって目をつぶった。ルーシーは彼を愛した。本気で愛して、死んでいった。これ以上、彼を愛して死んでいく人間など、欲しくない。とくに……こちらもその人物を愛している場合には。

だが、その想《おも》いは、タビーには伝わらなかった。彼女にわかるのは、ニックがすっかり黙り込んでいるということだけだ。タビーは彼がなにか言いだす前に、静かに受話器を置いた。そのあとで、ニックがなにか言ったかどうかはわからない。もう、関係ないことよ。タビーは自分に言い聞かせた。

それから本を出してきて、あしたの講義の準備をした。人類学を教えるのは、やりがいのある仕事だった。授業の一部には野外調査旅行もあり、たいていは肉体労働のおまけがついてくる。まず、発掘地を測量してロープで囲い、平らになるまで掘っていく。それからこんどはこてやふるいを使い、細心の注意を払って土をのぞいていく。骨の折れるたいへんな作業だが、報われるものも大きかった。

人間について研究するのは、なかなか楽しいものだ。タビーは大学時代に夢中になり、卒業後はこれを教えようと、ただちに心を決めた。学士号を取るとそのまま大学院に進んで、博士号の取得をめざした。長いのぼり道で、人とつきあう時間もなかった。勉強していないときは講演を聞きに行き、博物館を訪れ、展示会やコレクションを見に足を運んだ。タビーは人類学の世界で、人類学を糧に生きている。人類学はタビーがもっとも愛している もの、いや、ニックのつぎに愛しているものだった。それを、いま失いそうになっている。タビーは手遅れになる寸前まできてようやく、人類学がどれほど大切なものかを思い知った。

7

講義は惰性でこなしたが、ニックとのことがあって三日目ともなると、人と顔を合わせるたびに、公園でのふしだらな振舞いを見すかされているような気がした。

タビーが最後の講義を終えた直後、ダニエルが少しすまなそうな顔をして入ってきた。

「あの記者を連れてくるんじゃなかったよ。ぼくのせいで、きみの立場がいっそう悪くなってしまった」ゆっくりと口を開く。

「いいの」タビーは無表情に言った。「あなたのせいじゃないわ、ダニエル」

ダニエルはしばらくためらって、ことばを探した。「ところで、タバサ、この前は婚約指輪を決められなかっただろう？　どうかな、こんどはべつの店に行って……」

これこそ、タビーが求めていたきっかけだ。気は重いが、思いきってダニエルをまっすぐ見つめる。「あなたとは結婚できないわ、ダニエル。ほんとうに申し訳ないけど」

ダニエルはとたんに難しい顔をした。「なぜ？」

「わたし……どうしてもできないの」タビーはうつむいた。「このまま結婚するのはよくないわ」

ダニエルは一歩前に出た。「タバサ、まさか、こんどの盗難騒ぎのせいで……」

「そうじゃなくて、わたしたち、ほんとうはおたがいに合わないのよ」タビーは情けない声で言った。「もちろん、研究は手伝うわ。ただ、結婚はだめ。いまはまだ」

「でも、本の執筆は手伝ってくれるだろうね？」

タビーはいっそう気分が悪くなった。ダニエルにとっては婚約破棄より、大事な本のほうが問題なのだ。ニックの言っていたとおり、きっとタビーを利用していただけなのだろう。ダニエルはいろいろな面で底が浅く、深い感情は持ち合わせていない。これがなによりの証拠だ。

「ええ、かまわないわ」

ダニエルは満面に笑みを浮かべ、手をすり合わせた。「よし。じゃあ、またあとで電話する」

「ええ、わかったわ」

タビーが言い終わらないうちに、ダニエルはうれしそうに口笛を吹きながら廊下を歩いていた。

タビーはレポートをかき集めると、足取りも重く出口に向かった。そこで学部長に呼び止められた。

「こんなことを言うのはつらいんだが、事件がそこらじゅうの新聞に載ってしまったんで、理事会ではきみに臨時の休暇を取らせることにしたよ」学部長は硬い口調で言った。「もう、キャンパスは記者だらけだ。講義が終わったら帰宅するように勧めるつもりだったんだが、どうやら帰るところらしいね」学部長はせき払いをし、タビーの引きつった顔から目をそらした。「こういう状況では、二、三日、ほかの先生に代講を頼んだほうがいいだろう。なに、こんどの騒ぎが解決するまでだよ」

「わたしが盗《と》ったとに思わないんですか？」

「ああ、思わないね。まあ、あまり気に病まんように。そのうち、うまく片づくさ」

学部長はほほえんだが、その笑みはタビーの心と同様、元気がなかった。タビーはうなずいた。「じゃあ、通知があるまで休みます。マスコミも避けます。でも、わたしはやっていませんから」タビーは重々しく言った。「もし盗むんだったら、トロイの展示品の黄金のかけらとか、スペインのガリオン船のコレクションから宝石のブローチでも盗ってきますよ。大昔のつぼだなんて……収集家か人類学者でないかぎり、貴重品とも思わないでしょうね」

学部長は考え込んだ。「それはわたしも考えたよ。もちろん、きみの言うとおりだ。収集家でなければ、あんなものを渡されても喜ぶ者はいない。だが、あちこちから注目を集めてしまったんでね」

「ええ、そうですね」タビーは沈んだ声で言った。「ただこのことを、あの記者に言わなかったのが悔やまれて」

「それはわたしが言っておこう」と、学部長は請け合った。

ニックは引き続き手がかりの発見に努めていた。一応、犯人の目星はついているが、決め込むのはまだ早い。ヘレンの調べによると、デイ博士の場合は、夫人が親戚《しんせき》からかなりの遺産を受けていることがわかった。これでランボルギーニも説明がつく。一方のフラナリー博士もやはり夫人が原因で、こちらは財政困難におちいっている。夫人が夫を捨ててほかの男のもとに走ったのだが、借金取り立て人によれば、博士はさぞやほっとしているだろうというもっぱらの噂《うわさ》のようだ。なにしろ夫人はかなり年下で、貞節な妻ではなかった。フラナリーは心を痛めることもなかったらしい。

あと残るのはダニエルだ。履歴を偽っているので、容疑者のなかではいぜんとしてもっとも疑わしい。だが、古代の品を盗む理由は？　それも、現在タビーと研究中の時代のものではない。くわえて、彼の過去を調べても、窃盗の記録は出てこなかった。

こうして容疑者をふるいにかけていると、電話が鳴った。先日連絡をしておいた地元警察の警官からで、ニックは大学で行う張り込みの日時と場所を教えた。それからさらにもうひとり、証人になってくれそうな人物に電話をした。証人はこれでよし。あとは餌《えさ》を置いて罠《わな》を仕掛けるだけだ。

うまくいけば、タビーの疑いもうすぐ晴れるだろう。そうしたらおれもここを離れて、タビーをもとの生活に帰してやれる。ニックは両手に顔をうずめ、うなった。ああ、指一本触れるべきではなかった。ニックはひどい罪悪感にさいなまれた。かわいい、やさしいタビーはこれまで人を傷つけたことがない。たったひとつの弱みはニックだ。昔からずっとニックが弱みだったのだ。ニックは彼女がさし出すものを受け取ったが、満足感は残らなかった。結局自分ひとりで楽しんでしまったからだ。最後のところでさえ、タビーにはいい思いをさせてやれなかった。このさき思い出となるような、甘い愛撫《あいぶ》も教えてやらなかった。待つべきだったのだ。もっとべつの場所でたっぷり時間をかけ、愛のすべてを教えるべきだった。もっと、やさしくしてやるべきだった。ニックは自分を呪《のろ》い、メモの検討に戻った。

タビーは時間をもてあまし、鏡に映る自分の顔にぞっとした。仕事を休まされて忙しく働くこともできないので、ますます気がめいる。タビーは家を掃除して暇をつぶし、電話はすべて留守番電話で受けた。ほとんどがマスコミからだった。けさは朝刊を見なくて、ほんとうによかった。きっと、見出しには名前がでかでかと載っていることだろう。

夕方かかってきた電話に、タビーははっとした。ヘレン・リードからだ。

タビーは震える手で受話器を取った。「ヘレン！　ああ、その声が聞けてうれしいわ！電話は鳴りっぱなしだし、学部長は学校に来るなって言うし」

「そっちではどうなってるの？」ヘレンがさえぎった。「あなた、新聞種になってるわよ。知ってた？　古代の遺物が紛失したこととか、あなたが疑われて一時的に停職になっていることとか、ぜんぶ出てる。この前の電話で、へんだったわけね。タビー、あなたは盗みをするような人じゃないわ！」

「ええ、そうよ」タビーは胸の鼓動が激しくなり、長椅子に座り込んだ。「じゃあ、みんな書かれてるわけね？　ニュース通信社のほうも？」うめき声がもれる。「ああ、ヘレン、どうすればいいの？」

「そっちにはニックがいるんでしょ？　ニックが解決してくれるはずじゃなかったの？」

「ええ、いることはいるわ」タビーは硬い口調でこたえた。恥ずかしさに気分が悪くなり、きつく目を閉じる。「でも、容疑者も浮かばないの」

「あら、容疑者はいるわよ。ひとりだけだけど。フラナリー博士とデイ博士は、調査の結果白ということになったんだけど、あなたのダニエル・マイヤーズがちょっとひっかかってね」

「ダニエルが？」

「残念ながらね。あと、ニックはまだ教えてくれないんだけど、べつの新しい推理もあるらしいわ」

「ダニエルのなにがひっかかったの？」

「ごめん、それは言えないの。でもまあ、心配しないで。ニックはあなたの疑いを晴らすだけのものを手に入れたんだから」

「ダニエルは盗んでいないわ。あの人が過去になにをしてても、わたしはかまわない。あなたも知ってるでしょ？ 品行方正を絵に描《か》いたような人よ。法と秩序が命の糧みたいな人じゃないの。五セント玉を拾ったって、持ち主を探そうとするのよ。そんな人が泥棒をするかしら？」

ヘレンはためらった。タビーはダニエルなど心にかけていないと、ニックから聞いたけれど、いまのは心にかけている口調じゃないの。「ええ、まあ、そうね」ヘレンは口ごもりながら同意した。「でも、容疑者で残っているのは彼だけだから……」

「いいえ。もうひとりいるわ。わたしよ」タビーの唇がこわばる。「眠ったまま歩きだして、盗んだのかもしれない。盗んだのに、覚えていないのかもしれない。それとも、わたしは多重人格なのかもしれないわ！」

「タビー、やめなさい」ヘレンがやさしくたしなめた。「気が動転しているのはわかってる。でも、冷静にならないと。そのうち騒ぎはおさまるわ。それに、ニックが無実を証明してくれる。絶対よ」

「それがほんとうなら、ブタだって空を飛ぶわ」タビーはうんざりして言った。「もう、きるわね。窓越しに写真を撮られているみたいなの」

「鍋《なべ》を投げつけてやりなさいよ」

タビーは神経質に笑った。「で、打ちどころが悪くて死んじゃって、わたしは殺人罪で刑務所行きよ。もう運に見放されてるの」

「絶望的になってるだけよ」

「あなたは半分も事情を知らないのよ」

「ゆっくり寝なさい。いいわね？　もしニックに会ったら、電話するように伝えて。二時間ぐらいしたら、新しいことがわかるかもしれないから」

「もし会ったらね」できれば会いたくないわ、と心のなかでつけたす。「電話をありがとう」

「話したくなったら、うちに電話してよ。いいわね？」ヘレンが気短に言った。「それから、心配しないこと。絶対、うまくいくんだから」

「つまり、事実がわかるってこと？」タビーは皮肉っぽく笑った。「そうね。でも、事実なんて、わかるまでに二〇年もかかることがあるのよ。それじゃ四五歳になっちゃう」

「もう寝なさい」

「わかったわ。おやすみなさい」

「おやすみ」

タビーは受話器を置いた。電話がきれたとたんに、またすぐ鳴りだした。またしてもマスコミだった。そして、またしても質問。頭がもっとはっきりしていたら、ひとことコメントしてもいいのだけれど。でも、あまりにみじめで、その気になれなかった。窓のそとには、やはりだれかいたらしい。花壇に足跡がついている。すごいじゃない。こんどは新聞に写真が載るんだわ。タビーはもっと早くこうすればよかったのだと思いながら、カーテンを閉め、テレビをつけて心配をまぎらすことにした。

続く二日間、良心がタビーをさいなんだ。ニックの家は見ないようにした。ダニエルとは電話で話し、来ると言うのをやめさせた。玄関ポーチには記者のひとりが陣取り、そのコンセントから勝手に電気を取って、ホットプレートでコーヒーをわかしている。ライバル紙に電話して、このことを教えようかしら。たかがちっぽけな古代の遺物の盗難ひとつぐらいで、マスコミにこんなに大騒ぎをされると、とまどってしまう。今週はよほどろくなニュースがないんだわ……。

三日目の夜、玄関にノックの音がした。のぞき穴から見るとニックだった。タビーはしぶしぶドアを開けた。

「のん気なキャンパーは追い払ったよ」ニックは記者が座っていた場所に向かってうなずいた。「ホットプレートのコンセントも抜かせた。コーヒーがないと飢え死にするとかで、ワッフルの店に飲みに行ったよ」

「ありがとう」

「なかに入れてくれないのか?」ニックは無造作に戸口に寄りかかった。もっとも、平然とした顔をとりつくろってはいるものの、内心は正反対だった。神経が高ぶり、なんだかばつが悪い。どちらも、これまでみごとなまでに無縁だった感情だ。

「ええ、まあ、どうぞ」タビーがドアを大きく開けると、ニックはなかに入った。きょうのタビーは薄手のブルーのデニムのシャツドレス姿で、髪は長い三つ編みにして背中にたらしている。素顔のままで、髪もへんにいじっていない。少し平凡な感じだ。引きつった青い顔をして、目の下にはくまも見え、ニックはますます気が重くなった。

「どうやら、おれを避けているらしいな」

「そのとおりよ」タビーのこたえはそっけなかった。「なんの用でここへ来たの?」

ニックはふたたびうまい対応を迫られるはめになった。タビーの正面きっての攻撃には当惑するばかりだ。「手がかりがつかめた」ニックは静かな口調で言った。「犯人は今回、小さな証拠を残していったんだ。ひと房の毛と小さな血痕《けっこん》だ」

「じゃあ、けがしたはげの男が犯人?」

「いや、ちょっと違う。ＦＢＩの研究所で友人に分析を頼んでいたんだが、その結果が手に入った。まだヘレンには話してないが、もう警察にも連絡したし、きみを張り込んでいた記者とも話したよ。今夜ふたりに大学まで来てもらって、証人になってもらうことにした。きみも来てほしい。全員できみの研究室に隠れて、犯人がもう一度やるのを待ち構える。よだれの出そうな餌も準備するつもりだ」

いざニックと向かい合うと、タビーは話しづらかった。身を守るように胸の前で腕を組む。「あなたはダニエルをいちばん疑っているって、ヘレンから聞いたけど」

「この前ヘレンと話した時点では、あいつが最後のひとりだったんだ」ニックの黒い瞳が不快そうに細くなる。「気になるか？」

「いくらもう婚約していないからって、ダニエルはまだ同僚だし、友だちよ。ええ、気になるわ」

ニックは眉をひそめた。「もう婚約していないって、どういうことだ？」

「このまま婚約を続けるわけにはいかないわ。あんなことが……あったんですもの」

ニックは腹だたしげにため息をつき、両手をスラックスのポケットに突っ込んだ。「たかが、ちょっとしたお楽しみじゃないか！　女ならだれでもやってるさ！」

「わたしはしないわ」タビーはまっこうからニックの目を見すえ、冷静な口調で言った。

「それに、ひとりと親密な関係になっておいて、ほかの男性のところに行くなんて、わたしにはできない。ことにいまは、まだ……わからないから」

ニックはさっとタビーの腹部を見ると、歯を食いしばった。「最初の一回でそうなるとはかぎらないんだ。心配するようなことには、ならないかもしれないじゃないか」

「キャンパスには何時に行きたいの?」タビーは話をそらした。

ニックにはタビーがわからなかった。平然としていられるのももう限界だ。こういう気持ちにさせられるのは、じつに気にくわない。ニックは新たな気分でタビーを見た。その服の下の肌がどんな感触か、おれは知っている。激情の嵐《あらし》にもまれてどういう声をあげるかも、この体の下で熱くなっていく、絹のような柔らかな肌の感触も……。やめろ、そんなことを思い出したところで、いいことはないんだ。ニックは自分を叱《しか》った。

「おれの車で一緒に行けばいい」

「いいえ、けっこう。ダニエルと一緒に行くわ」

ニックの目に怒りがきらめいた。「あいつは呼んでない」

「でも、行くわ。あなた、あの人を疑ったのよ。彼にはそのことは言わないでおくけど、謎《なぞ》解きに参加する権利はあると思うわ」

「じゃあ、きみの研究室で六時に」

「ダニエルは人のものを盗るような人じゃないから」ドアが開けっぱなしの玄関でニックが立ち止まると、タビーが言った。

ニックは振り返って彼女を見た。「その点に関しては、きみに賛成する」彼も認めた。「心配するな。ダニエルじゃないよ」タビーの疲れた顔を、長いことまじまじと見る。「ほんとうはやつのほうがよかったんだ、公園での相手は……。そうだろう?」彼は苦い口調できいた。

タビーは落ちつき払い、どんな感情も見せなかった。「いまごろそんなことを言っても、しかたがないでしょう?」

ニックは重いため息をついた。「そうだな。こんなことを言っても慰めになるかどうかわからないが、あれを取り消せるなら、なんだってするよ」

「わたしもよ」タビーはみじめな声でこたえた。

ニックは奇妙なまでにびくっと体を動かすと、タビーから目をそらしたまま出ていった。

タビーは風呂に入って着替えた。今夜の張り込みには、よく似合う赤紫のシルクのパンツスーツを着ていくことにした。

うまくいけば、これで名誉が回復できるだろう。そして、ニックはヒューストンに帰る。仕事に戻り、公園での熱く燃えあがったひとときの結果が現れるかどうか、じっと待つのだ。そのあとは、もうなにも気にならないだろう。ただ、このさきダニエルとも、ほかのだれとも結婚はできない。ここにいたってもまだ、死んでもいいほどに、ニックを愛しているのだから。

どうしようもない独身主義者に片思いして、いつまでも引きずっているなんて、これはもう、生まれたときに呪いをかけられたとしか思えない。

タビーはダニエルに電話して事情を説明したが、彼がしばらくのあいだ容疑者にされていたことは黙っていた。

「リードが犯人を捕まえたのか?」ダニエルがきいた。

「そうみたいね。推理を立証できる確信があるから、警官と新聞記者を呼んだのよ。そう思わない?」

「まあ、そうするのが利口というものだ。もっとも、警察の仕事に知能が必要とは思わないがね。刑事でも高等教育を受けているのは、ほんのひと握りみたいじゃないか」

「そんなことを言うと、あとで驚くわよ」

「きみの幼なじみには驚かないよ」ダニエルが言う。「ところで、この前渡した下書きはどうなっている? もう原稿にまとまっているかい?」

「ええ。ここ二、三日、ほかにやることもないから、集中してできたわ」

「それはありがたい! じゃあ、今夜来るときに、持ってきてくれるかな?」

彼の車で連れていってもらおうなんて、虫がよすぎた。

「ええ。持っていくわ」タビーは約束した。

「助かるよ。それじゃ、六時に研究室で」

ダニエルはさっさと電話をきってしまい、タビーが握る受話器からはもはや発信音しか聞こえない。なんの因果か、わたしがつきあう男はみんな、わたしのことを利用価値はあっても愛する価値はないと思うらしい。もう、結婚なんかするものですか。

でも、赤ちゃんが生まれるかもしれない。そう思うと、元気が出て心も明るくなった。タビーはおなかに手をやり、この腕に小さな人間を抱くのはどんなだろうと思いをはせた。大切に守って愛し、ひとりで育ててみせる。ニックには助けてもらわなくてけっこうだし、重荷だという顔もされたくない。それより、いっそ話さないことにしようか。そうよ。それがいいわ。ニックには言わないで、そのさき何年も、ヘレンが遊びに来るときだけ子供を隠すのだ。

だめ、頭がおかしくなってきたわ。タビーは薄手のシルクのジャケットを持って、玄関を出た。

数分後、研究室の鍵《かぎ》を開ける。ほかの人たちを迎えなくてはいけないので、少し早めだった。キャンパスがだんだん暗くなってきた。ありがたいことに、このフロアでは夜間の授業がない。さもなければ、張り込みの意味がなくなるところだった。

ドアのそとに物音がしてから、低くことばを交わす声が聞こえ、タビーはさっと振り向いた。ノックがある。

「どうぞ」タビーはどきどきしながら声をかけた。

制服の警官とニックが部屋に入り、あとから背の高い青年も現れた。

「こちらジェニングズ巡査」ニックが警官を紹介する。「そして、こっちがティム・マシューズ。きみの玄関ポーチに住んでいたんだが、こんど、新しい住まいを見つけてね。いまからきみの研究室に住み込むんだ。ちゃんと、コーヒーポットも持ってきたようだ」

「前に一度会ったわ」タビーは笑いをこらえ、ぼそりと言った。

「タバサが人類学者だと知ってたのか?」

「ええ。おもしろそうだけど、ぼくじゃなれないな」ティムはにっと笑った。「その意味さえわかりそうにないもの」

「人類学者というのは、過去を探る探偵のようなものよ」タビーが説明する。「昔の謎を掘り出してきて、それを解くの」

「ぼくは現代で、それと同じことをやっているんですよ。玄関先でねばったりして、あなたには悪いことをしたけど、ぼくにとってニュースは神聖でね」

「プライバシーの侵害はどうでもいいというわけ?」

ティムは低く笑った。「申し訳ないね」

「それを弁護士の前で言ってみろよ」ジェニングズ巡査がにやにやして口をはさむ。

「じゃあ、そろそろくつろぐとするか」ニックは言ってから、タビーを見て眉をひそめた。

「きみの元婚約者も来るんじゃなかったのか?」

「そのうち来るわよ」タビーが言う。

「早く来てくれないと、おれの張り込みがばれる」

「なんの張り込みがばれるって？」ダニエルがドアからひょいと顔をのぞかせて尋ねた。

「遅刻したかな？」

「ああ、だが、気にしないでいいさ」ニックの口調がとたんに険悪になった。

「大丈夫、気にしてないから」ダニエルはまったく動じない。「鍵をかけたほうがいいのかな？」彼はドアを閉めてきいた。

「ああ、そうしてくれ」

「頼んでおいたものは、持ってきてくれたかい？」ダニエルはタビーにきいた。

「ごめんなさい」タビーがあわてて言う。「玄関の横のテーブルに置いてきちゃったわ」

「なんだ」ダニエルはぼやいた。「じゃあ、あとで寄るよ。下書きがいるんでね」

「タビーはそれどころじゃないんだ」ニックがタビーをかばう。「もちろんきみも、彼女の汚名を晴らすことのほうが、下書きよりずっと大事なことぐらい、わかっていると思うが」

ダニエルはせき払いをした。「それは、もちろん……」

「さあ、かけて」ニックは椅子を勧めると、自分はアームチェアにゆったり腰かけた。タビーは背もたれのまっすぐな椅子に座り、その横に新聞記者がちょこんと座り、ダニエルはクロゼットのドアのそばに陣取った。

「罠を仕掛けるのは違法じゃないのかい？」ダニエルが警官にきいた。

ジェニングズ巡査は眉を片方あげて異を唱えた。「さあ、そうは思いませんがね。それについちゃ、リードさんのほうが詳しいはずですよ」

「FBIにいたからと言うわけか」ダニエルがじれったそうに言う。

ジェニングズは首を振った。「いや、そうじゃなくて、リードさんは法律を修めてるから」

ダニエルはあらたな興味の目でブロンドの男を見つめ、ぶつぶつ言った。「法学士だなんて、言ってくれなかったじゃないか。学校はどこだい？」

「ハーバード大学さ」ニックはひどく気の進まないようすでこたえた。

「へえ」ダニエルはことばが続かなかった。そこで、タビーのほうを見た。「タバサ、きみ、ほんとうに疲れた顔をしているな。休養が必要だよ」

「大賛成だわ」タビーは目をつぶった。「こんなに長い一週間ははじめてよ」

「大丈夫、ぼくたちがきみの汚名を晴らしてあげるよ」ダニエルはほほえんだ。「そしたらまた、指輪を受け取る気になってくれるかもしれないな」

タビーは返事をしなかった。そのかわりに苦笑したが、目をつぶったままでいたので、ニックがさっと険悪な表情を浮かべたのを見逃した。

「もう、楽な姿勢で静かにしてたほうがいいな」巡査が言った。「今夜は長い夜になるかもしれない」

「そうならないことを願うわ」タビーがため息をついた。「早く終わってほしい」

「みんなそう思っているさ」ダニエルがぼそぼそ言ったが、彼のことばなどだれも聞いていなかった。

8

一時間たち、さらに一時間たったが、なにも起こらない。男たちはそわそわしはじめ、タビーは胸がどきどきしてきた。ニックの見込み違いだったら、どうしよう？　もし泥棒が現れなかったら、わたしのキャリアはおしまいだ。

「まったく、ばかげている」ダニエルがぶつぶつ言いだした。「こんなのは時間のむだだ！」

「どうぞお帰りください、マイヤーズ先生」ニックが気にする様子も見せずに言った。「あなたがいなくても、われわれは最後までねばりますよ」

ダニエルはまわりを見て渋い顔をした。「まあ、もう少しいるか」タビーの困惑顔が目に入ったのだ。

ダニエルはふたたび腰をおろして、長い脚を組んだ。ニックはタビーを見るうちに、ヒューストンに戻るのがこれまでになく味気なく感じることに気がつき、揺れる心をなんとか平静に保とうとしていた。

そのときドアのそとでごそごそ音がして、全員が身を乗り出した。ニックは口に指をあてると陰になるように椅子に深くもたれ、みんなもならった。

ドアには鍵《かぎ》がかかっており、カチャカチャいじる音がする。それが静まり返った夜の廊下に大きく響き、おまけにうなるような奇妙な声までしてきた。

つぎの瞬間、ドアが開いた。まっ暗でなにも見えない。ガタンと椅子が動き、こんどはドサッという音がし、続いてタビーのデスクの上で、ガシャンとガラスの入れ物が倒れた。

「いまだ！」ニックが電気をつけた。

三五ミリのカメラのフラッシュが光る。全員が息を殺し、カメラのとらえた姿を見た。デスクの上で、タビーがおとり用に貸した小さな安物の石膏《せっこう》像を握っていたのは、小さな毛むくじゃらの二足動物だった。片手に包帯をまいたパルだ。

「なんてこった！」ダニエルが叫んだ。「あのいまいましい猿じゃないか！」

「パル！」タビーも息が止まった。「でも、鍵をこじ開けたじゃないの。見た？」

「ああ。おそらく、こいつは盗品を生物研究室に持っていって、隠しているんだ。見に行こう」

一同はパルをそのまま残し、ニックのあとから廊下のさきの生物研究室へ向かった。徹底的な家宅捜索の結果、フラナリーがイネ科の植物の穂を入れている大きなガラス瓶のなかから、ふたつの古代の遺物と、さらにもっと現代的な品がごろごろ出てきた。

「やだ、この口紅、そこらじゅう探したのよ」タビーは口紅を拾って笑いだした。「この鏡も。バッグから落ちたんだと思ってたわ。ダニエル、あなたがなくしたって言っていたパイプの柄よ」そう言って、ダニエルに手渡す。

「こいつは特ダネだ」ティムはくすくす笑いながら、みんなの写真を何枚も撮った。

「このコレクションごとフラナリー博士のところに持っていこうか？」ダニエルが考え込むように言った。「これを聞いたら、きっと卒倒するぞ。これで学部長も絶対に、研究補助金の打ち切りを決めるだろうな」

「この話をニュース通信社のほうにも流してくれるだろうね？　タビーの汚名を晴らせるように」ニックがきいた。

「もちろん」ティムがこたえる。「この話の主役は彼女ですからね。美人教師、知恵のある猿にいじめられる。見出しが目に浮かびそうだ。あの猿が先生に片思いして、恋のよすがに身のまわりのものを盗《と》ったっていうのがいいな」

「もう、いいかげんにしてよ」タビーがうなった。

「いやいや、そんなふうに思わないで。ひとつ、コメントをもらえませんか？　そうすれば、ぼくももう玄関ポーチに居座らないですむんだけどなあ」ティムはにやにや笑いを抑えきれなかった。

「それだけはかんべんして！　わかった、コメントするわ！」

「パルは包帯をしている」ニックが種明かしをした。「それが決め手になったんだ。タビーのデスクで見つけた毛に血がついていてね。それをＦＢＩの研究所で調べてもらったら、霊長類のだという結果だった」ニックはさらに、おかしそうな顔で記者に言った。「じっさい、猿の大きさ、体重、推定年齢まで教えてくれたよ。サンプルはたったひとつなのに」

「あの技術の高さには、目をみはりますよね」ティムもうなずいた。「じゃあ、先生、もうお邪魔しないから。コメントをひとつ」と、タビーに言う。

タビーはコメントした。人生最大の風変わりな一章も、これで終わってほしいものだ。パルの犯行とわかったこの騒ぎのおかげで、ほかにも問題を抱えるタビーは気がまぎれた。それがたとえ、しばらくのあいだにすぎなくても、ありがたい。

「それにしても、終わってくれてほっとしたね？」ダニエルが言った。

「ええ。ほんとうに」なぜなら、これでニックはヒューストンに帰り、タビーは自分の生活に戻ることができるからだ。ああ、なんてみじめな運命なのかしら。

記者と警官が帰ると、ニックはタビーを駐車場に送った。ダニエルは最後に残って、戸締まりをした。

「うちまで送ってやるよ」ニックが言った。

「そういうのは、あまり……」

「うん、いまはあまり考えないほうがいい」ニックはタビーを自分の車のほうに連れていった。「もう遅いし、夜はあまり治安のいい街じゃないんだ。一緒にいてくれたほうが安心できる」

あんなにらくらくとわたしを誘惑する人のそばが安全？　いったいどこから思いつくわけ？　タビーはヒステリックに思ったが、口には出さなかった。

家に着くまでのあいだ、車のなかには張りつめた沈黙が漂った。タビーの家の前に来ても、ニックは車を停《と》めず、自分の家のほうに入れた。はじめはタビーも平気だった。だが、ニックが車にロックをして、タビーを自分の家の玄関に引っ張っていくと、とたんに警戒した。

「あなたの家に行くなんていやよ！」

「いや、来るんだ」ニックはタビーの目を見すえ、鍵をさしてドアを開けた。「おたがい、大事な話がまだすんでいない」

「話なら、あしたでいいでしょ！」

「あしたの朝、出かけるんだ」

「まあ」

タビーはうなだれてニックについていった。うつろな気分で、見捨てられ、無防備になった気がする。

「座って」ニックはタビーをソファに座らせた。彼はジャケットとネクタイを取ると、シャツの襟のボタンをはずした。「なにか飲むか？」

「いいえ、けっこう」

「コーヒーはどうかと言ってるんだ」ニックがむきになって言う。

「あら、まあ。じゃ、いただくわ」

ニックはドリップ式のコーヒーメーカーのスイッチを入れて戻ると、タビーのむかいのアームチェアに座った。「そんなに打ちひしがれた顔をしないでくれよ」やさしく声をかける。「もう、完全に疑いは晴れたんだ。きっとあしたの朝には、学部長も謝罪の用意をしているさ」ニックはかすかにほほえんだ。「フラナリー先生も一緒にね」

「フラナリー先生は悪くないのに。それに、わたしのために同僚がいろいろ調べられて、気がとがめるわ。まったくのむだだったじゃないの」

「むだかどうかは、わからなかった。それに、調査の結果はきみに話さなかった。このさきも、だれにも言うつもりはない」ニックはぶっきらぼうに言った。「私立探偵なんだ。秘密を守るのが商売でね」

「わかっているわ。でも、なんだかみんなに迷惑をかけたみたいで」タビーは本音をもらした。

ニックは静かにタビーを見つめた。タビーはこんなにもすんなりニックの私生活にとけ込み、その一部となってしまった。いや、なにを夢みたいなことを考えているんだ。ニックは自分を叱《しか》った。タビーと結婚するつもりはないのだ。それを彼女にわからせようとしているんじゃないか。

ニックは膝の上で手を組んだ。「この前のことを、もう一度謝りたかったんだ。それから、もし、その……問題が起きたら……知らせてほしい」

「ええ。でも、そんな必要ないのよ。だって、あなたのご希望にそわないからって、子供をだめにするつもりはないもの。たとえ、どんなに都合の悪い妊娠でもね」

ニックは鋭くはっきりした口調で毒づいた。「そんなことは言ってない！」

タビーは立ちあがった。「なにも言ってくれなくてけっこうよ」ニックを見ていたら、触れ合った体の感触がよみがえり、タビーは顔を赤らめた。

ニックがタビーに近寄り、肩をつかむ。

「お願い、やめて」タビーはかすれた声をあげた。

「これだけ」ニックはタビーの唇に視線を落とし、そっと言った。顔を近づけていくうちに、痛いほどの欲望がわきあがった。「ちょっとキスをするだけだ……」ニックはタビーの口もとにささやいた。

そしてやさしく、だが、タビーの体が弓なりになるほどしっかりと引き寄せ、激しくキスをする。タビーははじめのうちこそあらがったが、もう一度ニックを知りたいという欲求に押しきられた。

ニックはタビーの背中を下のほうへと撫《な》でていって腰をつかむと、興奮をつのらせて自分の体に強く引きつけた。

タビーが息をのみ、それがキスをとおしてニックにも伝わってくる。ニックは口を開き、舌で深く、執拗《しつよう》に彼女の唇を探った。タビーはすっかり彼の思いのままになり、うわずった声をもらしはじめた。やがて体の力を抜き、濃厚になっていくニックの抱擁に身をまかせ、両手で彼のシャツをきつくつかむ。

ニックはめまいがしそうだった。タビーはおれのものだ。おれがタビーに抵抗できないように、彼女もおれに抵抗できないでいる。

「なんてすばらしい味なんだ」ニックはささやいた。「蜂蜜《はちみつ》よりもすばらしい」

タビーはすっかり息が乱れていた。ニックは両手を前にすべらして乳房を包み込み、熱く張りつめるまで愛撫《あいぶ》した。ホックやボタンがはずされていったが、タビーにはさらにニックに近づくことしか考えられなかった。ニックがいとしい。それ以外のことはどうでもよく、心の隅に巣くう不安と恐れも気にならなかった。

これが情熱というもの。ニックに抱きあげられて二階へ連れていかれるとき、タビーは思った。分別には耳を貸さず、抵抗をかなぐり捨て、ただ相手に身をまかせることで、男と女は違いを乗り越えて結ばれる。タビーは最初のときの苦痛にもかかわらず、信じられないほどニックが欲しかった。ああ、ニックをこんなに愛している！　そして、これがきっと最後……。

ドアが開いてふたたび閉まる音がした。むき出しになった背中にベッドカバーが触れ、ニックがそれをどけるのがわかった。彼の手がタビーを愛撫し、誘惑する。

ニックのささやきに、タビーは体が燃え、心が高く舞いあがった。公園でされたときと同じように、ニックの手が触れてくる。ただ、こんどはニックも自分を抑えていた。彼はタビーが熱く乱れるまでかき立て、それからやさしく抱き寄せて彼女の興奮を静めた。そして、ふたたび最初からくり返す。ニックは手で、唇で、そっと愛撫し、むさぼるように乳房を口に含み、狂おしいまでにタビーの欲望をかき立てた。

闇《やみ》のなかで顔が見えないまま、ニックが上になってタビーのなかに入ってきた。タビーはニックの腰をきつくつかみ、完全にひとつになると声をあげた。

ニックは息もできずにそのまま動きを止め、全身でタビーを感じていた。タビーは体を動かして哀願したが、ニックに腰を押さえ込まれてしまった。

「だめだ。じっとしててくれ」ニックが息をきらす。

「お願い！」

「おれを信じて」震える声でささやく。「じっとして、おれに息をつかせてくれ。ひと晩じゅうでも愛し合っていたいんだ」

ニックはタビーをなだめた。タビーはなすすべもなく声をあげていたが、言われたとおりにした。ニックの緊張がとけていくのがわかる。やがて彼はふたたび唇でなぞり、触れ、いつくしみ、両手でタビーを愛撫し、もう一度高みに押しあげた。ニックは動きを止めたままだったが、タビーは奥深くで彼を感じ、一秒ごとに増していく力強さを知った。彼女はその力におびえ、いつのまにかそのことを口にしていた。

「しいっ」ニックがささやく。「大丈夫。痛くはしないから。きみを傷つけるようなことは、絶対にしない」

ニックはこのうえなくやさしく動きはじめた。体の動きそのものが愛撫だった。ニックはタビーにキスをし、彼女の上で体を揺らし、まだ自分のときが満たないうちに、タビーを絶頂に押しあげた。

痙攣《けいれん》が始まって、タビーは声をあげた。ニックに満たされた甘い苦痛の叫びが、あたりを大きく引き裂く。ニックは自分がまだそこまでたどりついていなかったので、タビーをこんなに早く興奮させたくはなかった。でも、それでもいいと彼は思った。タビーの体は何度でも燃えあがることができる。ニックは笑みを浮かべ、横になってしばらくタビーを休ませてから、ふたたび彼女をかき立てた。

さらにそれからずっとあとになって、ニックの動きが荒々しく、力強く、性急になった。

息づかいが変わり、ニックは背中をまるめ、緊張に激しく震えた。そして、快感にとらえられた瞬間、彼はベッドから浮きあがりそうなほど体を起こし、頭をのけぞらせてエクスタシーに身をゆだねた。

しばらくして震えが止まると、タビーにささやいた。「少なくとも、こんどはきみを守れたよ」

そういえば、彼はなにかをしていた。そのことがぼんやりとわかる。でも、いまは言われたことを深く考えることさえできない。ぐったり疲れて、頭が働かなかった。喜びにすべてをささげたタビーは、目をつぶり、眠りについた。

目がさめると、窓から日がさし込んでいた。タビーは一瞬、ここがどこなのかわからなかった。体がかすかに痛んで居心地が悪く、起きあがると上掛けが落ちて胸がむき出しになった。タビーは一糸まとわず、おまけに体じゅうがだるかった。そのとき、バスルームからタオル一枚を腰にまいただけのニックが現れ、その理由がやっとわかった。

ニックはベッドの横に来たが、にこりともしなかった。黒い瞳がタビーの乳房をじっと見つめる。

タビーはシーツを引きあげることができなかった。ニックを見ているだけで、胸が高鳴る。胸毛におおわれた胸からタオルをまいた平らに引き締まった腹部へと、完璧《かんぺき》に整ったニックの体を見おろしていく。

「ぜんぶ見たいか？」ニックが静かにきいた。「おれはかまわないよ」そして、彼はタオルを落とした。

ニックは美しかった。これまでに見たどんな彫刻よりも美しい。タビーはそれをまなざしで伝えた。

「きみの美しさにも呆然《ぼうぜん》とするよ」ニックはかがんでシーツをはがし、ゆうべくまなく愛した体をあらわにした。タビーの眺めは最高だった。彼女は、ニックが思い描いていた夢のすべてだった。「あの日、ほんとうは公園でどうするべきだったか、ヒューストンに帰る前にきみに見せたかったんだ」

「ええ、よくわかったわ」タビーはふたたび感じる屈辱に肩を怒らせ、シーツを引きあげた。「絵で見るようによくわかりました。ご教授感謝するわ」

ニックは適当なことばが見つからず、時間稼ぎにゆっくりとタオルを拾って腰にまいた。

「レッスンじゃないよ。あれは謝罪だ」

「あなたって愛の達人だわ」タビーは軽い口調で言った。「わたしもいつか、あなたに愛してもらったのをありがたく思えるようになるかもしれない」

「きみは全然すれていないんだ」ニックは顔を曇らせた。「だが、そのうち、殻のそとに出たら、ほんとうの世界がわかってくる。そう、捨てたものじゃない。この世は男も女も、罪悪感やあとのことなんか考えないで、いつでも愛し合えるんだ」

タビーが振り向くと、ニックは顔を赤くした。「行くわ。クラスがあるの」

なにを恥じ入っているんだ。ニックは自分を叱った。恥じる理由なんかなにもないんだぞ！　彼はバスルームに戻って乱暴にドアを閉めた。やがてひげをそって出てくると、タビーはふたたびシルクのパンツスーツ姿で、髪をまるくまとめていた。化粧していないことをのぞけば、ゆうべとまったく同じ。いや、少し違う。その瞳にはかつてなかった憂いがある。ひとつ新しいことを知って、純真なものをひとつ汚したような表情がある。

「なんだというんだ！　きみだっておれを欲しがったくせに！」ニックはかっとなって怒鳴った。「おれを欲しがっただろ！」

タビーはまばたきもせず、ニックを見つめた。「あなたを愛していたもの」さらりと言う。「べつに耳新しいことじゃないでしょう？　あなたを欲しがったのは、それだけ想《おも》いが深いからよ。もし、あなたも愛してくれていたら、罪悪感はなかったと思う。でも、あなたはわたしを愛していない」ほとんど非難の口調だった。「体が欲しかっただけよ。あなたから見れば、わたしなんか簡単になびく女よね。愛人よ。だから……不潔な感じがするんだわ」

ニックはことばにつまった。なにも言えなかった。タビーはずっと彼の人生の一部だった。その彼女をいま、失おうとしている。それもこれも、たがいの心の準備ができないうちに、ニックが関係を急いでしまったからだ。できるものならもとに戻りたいが、ニックの体はいまもなお、タビーが与えてくれた喜びに熱く興奮してうずいている。ニックは何度でもくり返し、くり返し、タビーが欲しかった。

たとえ、これまでは疑っていたとしても、いまはもうタビーに愛されている確信があった。全身で彼を包みこみ、気を失わせんばかりの快感をもたらしてくれるのは、愛があるからこそそのように思えてきた。愛。子供。もしかしたら、息子。男の子。ニックはこのときはじめて、公園で愛し合ったことで子供ができるかもしれないと本気で考え、瞳を燃えあがらせた。

タビーはニックの笑顔を見なかったし、ましてや、彼の考えていることを推し量れるはずもなかった。彼女は寝室のドアを開けた。

「タビー、行かないでくれ。話があるんだ」ニックが止めた。

「聞きたくないわ」タビーは振り返らなかった。心はずたずただったが、それを知らせるつもりはなかった。わたしはニックを愛しているけれど、彼にはそんな感情はない。わかりきったことは、むし返さないのがいちばんだ。

ニックは何度も毒づいてタビーのあとを追ったが、彼女はさっさと自分の家に入ってしまった。ニックは家に戻って、玄関のドアを叩《たた》きつけた。

心境の変化を説明したかったのだが、タビーは耳を傾ける気分ではないらしい。ゆうべは軽いキスと愛撫だけのつもりだった。だが、タビーに触れたとたん、この前と同じようにニックの自制心は吹き飛んでしまった。ニックは自分の弱さに苦笑した。もし、タビーにもっと経験があったら、おれも彼女と同じように無力だとわかったのだろうが。男が女といてあそこまで自制がきかなくなるのは、強い感情がからんでいるからこそだ。だが、タビーはそれを知らない。おまけにそれを言わせてもくれず、さっさと行ってしまった。

これから、おいおい説得するとしよう。自分が責任のある関係を結べるとわかったいま、もうプレイボーイの日々は終わったのだと、タビーに納得させなくては。少なくとも、すでに彼女の汚名はそそいだ。だから、いくらかは心が軽くなって、もう少し理性的に考えられるはずだ。

講義を終えたタビーが大食堂でひとり昼食後のコーヒーを飲んでいると、ダニエルが両手をすり合わせんばかりにしてやってきて、隣に腰かけた。

「企画書を送った出版社から、いま電話をもらってね。ぼくたちの本に興味があるそうだ！」

タビーの顔がぱっと明るくなった。「ダニエル、やったわね！」

「今夜きみの家で、最後の三章分のアウトラインをまとめてしまわないか？」

タビーはためらった。なにか言いたそうなニックに話をさせなかったことが、ずっと気になっていた。あのときは、すんなり彼の言いなりになってしまう自分がふがいなくていやだったのだが、ニックはまるで、ちょっとしたお楽しみといったふうではなかった。彼の態度は……違っていた。なにか理由があるのかもしれないのに、説明させてあげなかった。ニックの言い分が聞きたい。ふたりの将来に少しでも可能性があるのかどうか、タビーはどうしても知りたかった。

でも、その一方ニックが現れるのを、家でひとりじっと待っていても、しかたがないと思う。

「いいわ」タビーはダニエルにこたえた。「五時ごろ来て。軽い夕食を作るから」

「以前はよくそうしたよね」ダニエルがにっこりする。「よし、わかった」

一日の仕事を終えたタビーはほかの職員から、疑いが晴れておめでとうと言われ、気分がよかった。フラナリー博士もそのひとりだが、彼はひどく決まり悪そうだった。

「研究の中止を言いわたされてしまったよ」なんとも情けない声で言う。「パルも動物園へ戻されることになってね。だが、こんどはイグアナの研究で頑張るぞ」とたんに顔が輝いた。「来週、一メートル半のすばらしいのが届くんだ！」

イグアナって、有史以前の爬虫類《はちゅうるい》みたいじゃなかった？　一メートル半？「それ、かみついたりしません？」タビーは不安になってきいた。

「ハーヴィ先生、イグアナは菜食主義者だよ」フラナリーがにっこり笑う。「それに……」

彼はあたりを見まわしてから、身を乗り出した。「イグアナには鍵はこじ開けられんからな」

フラナリー博士は大笑いし、タビーも笑った。

その日の夕方、タビーはオーブンからきれいに焼けたキッシュを出すと、グリーンサラダと一緒にテーブルに並べ、一方のダニエルはコーヒーをついだ。ふたりは以前よくそうしていたように、静かに夕食を終えると居間の床に脚を伸ばして、原稿書きにとりかかった。ダニエルはこれまた以前のように、上着とネクタイを取って靴も脱ぎ、シャツのいちばん上のボタンをはずしていた。タビーはタンクトップに黄色いショートパンツで、髪をおろし、とても愛らしく見えた。

ダニエルはそんなタビーを長いこと見つめ、顔をほころばした。「きみ、なんだかとてもきれいだね。近ごろ急に……なんて言うのかな……ぐっと女らしくなったよ」

きっとニックがいろいろ教えてくれたからだわ。タビーは悲しげにそう思い、ほんのり顔を赤くした。タビーはもう神経質な年を取った未婚の女ではなく、ひとりの女だった。ニックは電話もよこさず、会いにも来ない。きっと、わたしがゆうべのことを深読みすると困るから、避けているのだ。結局、前となにも変わっていないじゃないの。

「きれいだ」ダニエルの目はタビーに釘《くぎ》づけだった。

「ありがとう、ダニエル」

「ほんとうに、もう婚約したくないのか？」ダニエルはゆっくりタビーをあおむけに倒し、その上に身を乗り出した。「きみと結婚するのは、困難でもなんでもないよ。ああ、タバサ、きれいだ！」

ダニエルはうつむいて、タビーにそっとキスをした。タビーはふっと笑い、彼の肩に手をかけて押しやろうとした。

だが、ノックもなしに玄関のドアから入ってきた怒れる男の目には、そうは映らなかった。FBI本部にいる友人を訪ねて戻ると、タビーの家の前にダニエルの車が見え、彼は激怒していた。

ドアの開く音に、タビーとダニエルは同時に振り向いた。

そこには怒りに身を震わせたニックが立っていた。黒い瞳はきらめき、日に焼けた顔には血がのぼり、床にころがったふたりをにらみつけている。ドアのノブを握り締めた、大きなこぶしがまっ白だ。

ニックはタビーをなじった。「あれは、きみにとって、その程度のものだったのか？どうやら、またご婚約らしいな！」

ダニエルはなにを責められているのかさっぱりわからなかったが、タビーにはわかっていた。彼女は顔を赤らめ、起きあがった。「ニック……」

「気にしないでくれ」ひややかに言う。「おれの主義は知ってるはずだ。前から、めでたしめでたしのタイプじゃないっていうことは言ってあるからな」

わかってはいるけれど、タビーはいちるの望みをかけていた。彼女は悲しみに顔を曇らせ、静かに言った。「わかっているわ、ニック」

ものわかりのよいその口調に、ニックはますます腹がたった。彼は乱れた格好のダニエルの唇に口紅のあとを見つけ、心底怒りでおかしくなった。「楽しかったよ。だが、おれには、ちょっとおとなしすぎる。きみには、そこのマイヤーズ博士のほうがお似合いだ。ふたりの幸運を祈るよ」

「いったい、なにを言っているんだ?」ダニエルはかっとして、立ちあがった。

「なんだと思う?」ニックはごそごそ立ちあがるタビーをにらみつけた。「きみが一日で、こっちからあっちの男へ行くような女だとは思わなかったよ。おれもおめでたい男だ」

「ニック、そうじゃないの!」タビーは突然、ニックが嫉妬《しっと》していることに気がついて叫んだ。彼を裏切ったと思っているのだ。ひどいことを言うのはそもそも嫉妬からで、彼は……気にかけてくれているのだ!「ねえ、聞いて!」

「もう、たくさんだ」ニックは頑として耳を貸そうとしない。「さよなら、タビー」

ニックはドアを叩きつけて出ていった。タビーは生涯最大の過ちをおかしてしまったのではないかと怖くなり、あとを追った。ドアを開け、隣の家とのあいだの芝生に飛び出す。

「ニック、待って!」タビーはじれて叫んだ。

「ほっといてくれ！」ニックが振り返ってうなる。

品行方正なハーヴィ博士が半裸のような格好で男を追いかける姿に、芝を刈っていた近所の男たちは唖然《あぜん》として手を止めた。日に焼けたタビーの長い脚に目をみはる。これまで、ショートパンツのままパティオにも出たことのない女性が！

「ニック、愛しているの！」タビーは大声で言った。

「嘘《うそ》だ。きみが愛しているのは、あの気取り屋だ！」ニックも怒鳴り返す。「きみはおれをセックスに利用しただけだ！」

タビーは息をのんだ。ニックの太い声がとどろき、隣人たちは楽しげににやにやしている。タビーは猛烈に赤くなった。

「ひどいじゃないの！」ニックを怒鳴りつける。「人前でそんなことを言うなんて、ひどいじゃないのよ！」

ニックは近所の野次馬を見わたすと、ハンサムな顔にあざけりの冷笑を浮かべた。「完全無欠のきみの評判に傷がついたな」ひややかにつき放す。「罪のない男を誘惑しておいて、ほかの男が来たとたんに捨てると、こういうめにあうのさ！」

「わたしは誘惑なんかしなかったわ！」

「ばかばかしい」ニックは玄関のドアを開けた。

「お願いだから聞いてよ！」

「もちろん聞くさ。ゆうべ、きみが聞いてくれたみたいにな」ニックはタビーの目の前でぴしゃりとドアを閉めた。

タビーはしばらくためらった。それからドアの前に行くとノックをくり返した。ニックは無視した。タビーはニックの名前を呼んだ。だが、彼はそれも無視した。タビーは声がかすれ、手が痛くなるまで、名前を呼んでノックを続けた。しまいにはドアをけったが、それでも返事がない。こんどは窓のほうにまわって、注意を引こうとした。するとニックがさっとカーテンを閉めた。

「ニックのばか！」タビーは腹にすえかね、いらだちの涙を浮かべて怒鳴った。「お金や宝石の山をくれたって、あんたとなんか結婚しないから！」

ドアが開いた。「だれが浮気な女と結婚するものか」ニックが冷たく言う。「この、裏切り者の恥知らず！」

「よく言うわよ！　世界一のプレイボーイのくせして！」

「少なくともおれは改心した！　きみはこれからなるんじゃないか！」ニックは唖然としているダニエルのほうを見た。芝生に立って、信じられないようなやりとりをひとこともらさず聞いている。「共著者と結婚しろ！　おれはきみなんか欲しくない！」

「欲しがったくせに！」タビーが怒鳴り返す。

「ひと晩だけだ」タビーがかっとなるのを見て、ニックは意地の悪い快感を覚えた。「あれはあれでよかったが、おれはもっといい女を知っている。このさきも、もっといい女に会えるんだ。もう帰れ！」

ニックはふたたびドアをぴしゃりと閉めた。タビーは毒づいた。これまでののしったことなどなかったが、声をかぎりにののしり続けた。まわりでは近所の男性たちがくすくす笑いながら、噂《うわさ》を始めていた。おまけにこんどは奥さんたちまでが、いったい何事かとキッチンから現れた。いままでは品行方正でお行儀がよく、人前を気にするタビーだったが、もうだれに聞かれてもかまわなかった。ニックを口汚くののしり、英語とふたつの外国語で、これまでに聞いたかぎりの悪態をついた。やがてののしるのに疲れると、大股《おおまた》で自分の家に戻り、ダニエルの前を通り越してなかに入った。

「その、タビー、今夜の打ち合わせは、もうやめたほうがよさそうだね」

タビーはダニエルを見た。「ええ」遅ればせながら、ダニエルが彼女の野放しになった短気をまのあたりにして、震えがあがっていることに気づく。驚いたことに、冷静そうにしている彼が、女の怒りにたじろいでいた。ニックはびくともしなかったのに。タビーは苦い顔をした。「ごめんなさい」

ダニエルは苦笑しながら靴をはき、ネクタイを締めてジャケットを着た。「きみがかのリード氏をどう思っているか、もうきく必要はないな。うまくいくといいね。それだけの感情をぼくに費やしても、もったいないだけだ」

「ごめんなさい」ほかに言いようがなかった。

ダニエルはタビーの額にそっとキスをした。「一緒に本を書くのが楽しみだよ」そして、なんと彼は笑った。「きみがこんなに熱くなれる人だったとはね。いや、驚いた」

タビーはぽっと顔を赤らめた。「おやすみなさい、ダニエル」

「おやすみ。あした電話するよ」

タビーはうなずき、とくに残念に思うこともなくダニエルを見送った。それからニックの家をにらんだ。近所の人たちはまだこちらを見ている。今夜のショーはこれでおしまい。タビーはドアを閉めた。人前で怒りを爆発させたのに、後悔も羞恥心《しゅうちしん》もないなんて信じられなかった。どうやら、ニックはタビーを変えてしまったらしい。かならずしもいいほうにとは言えないけれど。でも、〝多情な女〟になるのは、少なくとも気分がすっとする。

罪悪感はそのうちなくなるだろう。タビーはその夜何度もニックの電話番号を押した。だが、彼は出てくれない。タビーはしまいにあきらめてベッドに入った。そっちがその気ならいいわよ。ひと晩じゅうすねてればいいんだわ。またあした頑張ればいい。強情を張って、こして自分を見失うほどわたしのことが好きなら、間違いなく希望がある。短気を起認めようとはしなくてもね。タビーは笑みを漂わせて眠りにつき、ニックが子供たちにおやすみ前の本を読んでいる夢を見た。

9

翌朝タビーはふたたび電話をかけたり、玄関をノックしたりしたが、ニックはあいかわらず意地を張っていた。タビーはしぶしぶあきらめ、大学へ行って講義をした。その後、さっそく学部長室に呼び出され、停職についての謝罪を受けた。

「でも、学部長はわたしの無実をずっと信じてくださいました」タビーは温かい笑顔でこたえた。「犯人があの小さな毛むくじゃらの動物だとわかって、じつによかったよ」

「ほんとうに！　ところで、わたしはこのまま大学に置いていただけるんですね？」

「もちろんだとも」学部長はにっこり笑って立ちあがり、タビーと握手をした。「きみはわれわれ教職関係者のなかでも、もっとも優秀な先生のひとりだ。手放したりしたらそれこそ打撃だよ」

社交辞令とも聞こえそうだが、タビーには学部長が本気で言っているのがわかった。彼女は顔を赤らめてほほえんだ。「ここを辞めることになったらつらかったと思います。こんどのことで、この仕事がわたしにとってどれほど大事かわかりました」

「こういうたいへんなめにあわないと、ふだんあたりまえに思っていることのありがたみがわからないものだな」学部長も同意する。

ほんとうにそうだ。タビーはニックの妙な振舞いを思った。愛し合ったとき、彼が二度とも自制心を失ったのは、深い感情に根ざしているからかもしれないと、どうして気づかなかったのだろう？

タビーは今夜こそニックを問いつめようと思った。だが、帰宅すると、隣の家はどこも戸締まりがしてあり、レンタカーも見あたらなかった。タビーがサンドイッチを作ってコーヒーをいれた直後、電力会社のトラックがやってきて、隣家の電気を切っていった。ニックは行ってしまったのだ。ひとこともなく、別れもなく、メモ一枚残さず去り、タビーをふたたびひとりぼっちにしていった。遅すぎたのだ。ニックはドアを閉ざしてしまった。タビーがヒューストンに電話をかけても、手紙を書いてもだめだろう。もうおしまい。ニックはことばに出すことなく、タビーに終わりを告げたのだ。

考えていてもつらくなるだけなので、タビーはしだいにニックのことを考えないようになった。だが、日一日とたつうちに、顔には寝不足のつけが現れてきた。力が抜けて血色も衰え、すっかり意気があがらなくなった。仕事にたいする熱意も失《う》せた。もう、生きようが死のうがどうでもよく、タビーはただ機械的に生活した。

一週間後、心配事がひとつ減った。妊娠してないことがわかり、タビーは小おどりして喜んだ。子供は欲しいが、未婚のままではいやだった。一方通行の愛ではけっして満たされない。タビーも一度は、ニックにとても大切にされていると感じたものだが、それならとっくに連絡してきていいはず。彼には関心がないのだ。もう、それを受け入れなくては。ニックに心配はないと伝えるべきかどうかについては迷ったが、むこうからなにも言ってこないのだから、電話をするのはやめた。どうやらわたしのことなど気にならないらしいから、ほうっておこう。

ニックが連絡しなかったのは、ひとえに、死にそうなほどこき使われていたからだった。デインが休暇から戻ったニックの心の荒れ模様に気がついて、すぐさま彼を難事件にほうり込んだのだ。

だが、ニックは寝てもさめてもタビーのことを考えた。あんなに強情を張らないで、彼女がダニエルと絨毯《じゅうたん》の上で愛し合わんばかりにしていたわけを説明させてやればよかった。ニックはタビーが心配だった。信仰を大事にしているのに、誘惑してしまったからだ。おまけに、妊娠しているかもしれない。話を聞いてやらなかったせいで、自暴自棄になったらどうしよう？　ニックは仕事を終えてヒューストンに戻ると、まっさきに妹に会い、タビーから電話がなかったかどうかを尋ねた。

「いいえ。かかってくる予定なの？」ヘレンはいぶかしげにきいた。

「疑いも晴れたことだし、どんな具合にしているか、言ってきたんじゃないかと思ってね」ニックはぶっきらぼうにこたえた。

ヘレンはぎゅっと口を結んだ。およそニックらしくない。やつれて後ろめたそうな兄の表情に、ヘレンはワシントンDCでなにかよほどのことがあったにちがいないと思った。タビーにかかわりがあるはずだが、それがなんなのかがわからない。

「そんなに興味があるなら、自分で電話すれば？」

ニックはぷいとむこうを向いた。「またすぐべつの仕事があるんだ。時間がない」

「わたしも仕事があるのよ。でも、受話器を取って電話をするぐらい、五分とかからないわ」

「もういい」ニックはいらいらと言った。

荒々しく飛び出していく兄のうしろ姿に、ヘレンはへえと思った。ニックはなにかの理由でタビーを心配しているが、自分では電話したくない。なぜ？　タビーが口をきいてくれそうにないから？

その晩、ヘレンはタビーに電話した。ニックはまたしても出張で、おそらくまだ電話線のお世話にはなっていないだろうから。

「どうしてる？」ヘレンは単刀直入にきいた。「わけは教えてくれないんだけど、ニックがあなたを心配してるみたいなの」

タビーは胸がどきりとしたが、あたりさわりなくこたえた。「元気よ。もし、ニックにきかれたら、ご心配にはおよびません、って伝えて。貴重なお時間をさいて、わたしのことなど心配してくださらなくてけっこう、ってね！」

ずいぶん毒のある口調だこと。ヘレンはにやりとした。「ダニエルはどうしてる？」

「わたしと一緒に本を書いているわ。でも、あいにく、わたしが癇癪《かんしゃく》持ちだということがわかったの。だから、結婚はしたくないそうよ。わたしもほっとした。だってもう、男なんか大嫌いな気がするもの！」

「婚約を解消したの？」

「そう。ダニエルはいい人だけど、わたしはあの人にあまり多くをあげられないから」

「あなた、変わったみたい」ヘレンが少し気づかいの色を見せた。

「変わったと思うわ。この二週間、たいへんだったもの。わたしのせいじゃないけれどね。苦い教訓を得たわ」

なんだか、いやな予感がしてきた。「ニックに関係ある？」

「彼がわたしにどうしようもなく恋をするなんて、ありっこないということが、ようやくわかったわ」タビーはしんらつに笑った。「ニックのおかげよ。わたしが話をしようとしたのに、ひとことのあいさつも、置き手紙もなしで帰っちゃうんだもの」

「かわいそうに」ヘレンは心から同情した。「でも、戻ってきてから、ニックは変わったみたいなの。あなたのせいかと思ったんだけど。このごろはもう、そわそわしてきたとか、仕事を替えるとか、言わなくなったし」

「そのうち言うでしょ。ねえ、もうきるわね。レポートの採点がたくさんあるの」

「わかった。じゃあ、また連絡して。あなたが心配なの」

タビーはほほえんだ。「わかってる。まさかと思うでしょうけど、わたしもあなたのことを心配しているのよ。血がつながっていなくても、あなたはわたしのたったひとりの家族ですもの」

「わたしもそう思ってる。うちの兄が、目の前のこともわからないような、ばかな人でごめんなさい」

「たしかにそうね！　見もしなければ、聞きもしないし、言いもしない。まるで……」ヘレンのかすかなくすくす笑いを聞いて、タビーは自分を抑えた。「どっちにしても、うまくいきっこなかったのよ。わたしは、愛情なんかにはこだわらない派手な遊び上手、っていうタイプじゃないもの」

「ええ、その気持ち、よくわかるわ」

「とにかくあなたのばかな兄さんには、心配はないって伝えて。もし、きいてきたらね」

タビーはいやみたっぷりにつけ加えた。

「わかったわ。じゃ、元気にしてなさいよ」

「あなたもね」

ヘレンは電話をきると考え込んだ。タビーはいつもと様子が違った。なにかある。タビーは教えてくれないから、ニックにしゃべらせなくては。

だが、つぎの日はその機会がなかった。ニックが戻らなかったからだ。そのかわり、ひとつ面倒が持ちあがって、事務所に混乱をきたした。

ハロルドがすぐ結婚したいと言いだしたのだ。ヘレンはびっくりしてその場でうんとこたえてしまったが、よく聞けば、南アメリカに引っ越さなくてはならないと言うではないか。一年間そこで父親の建設工事現場で働かなければ、信託財産を相続できないらしい。

「どうすればいいの？」少ししてから、ヘレンはテス・ラシターに泣きついた。「あなたに迷惑をかけるのはいやなんだけど、わたし、ハロルドを愛しているの。一緒に行きたいの。いますぐ結婚して、一週間後には出発しなきゃいけないのよ」

「あなたは事務所にとってかけがえのない存在だけど、ハロルドと一緒に行きたいのは当然よ。大丈夫」テスはやさしく言った。「なんとかなるわよ」

そして数時間後になんとかなった。テスの親友のキット・モリスが目をまっ赤に泣きはらし、しゃくりあげながら事務所に飛び込んできたのだ。

「あいつに首にされたの！」キットは声をつまらせ、テスの胸に飛び込んだ。

「あいつ？　ボスのローガン・デヴラルのこと？」テスは仰天してきいた。「あなた、あの人のところで、もう三年も働いているじゃないの」

「わたしはこき使われたの」キットは大きな青い目をぬぐいながら言いなおした。黒髪が縁取るやや面長ぎみの顔は、赤くなった鼻をのぞけば蒼白《そうはく》だった。「新しい恋人ができたのよ。その恋人がまた、わたしにつらくあたるの。で、喧嘩《けんか》したわ。彼女、わたしに熱いコーヒーを浴びせたのよ。おまけにボスまでがむこうの肩を持って、もう二度と顔を見たくないから出ていけって言うの！」

テスは呆気《あっけ》に取られた。未婚時代のテスがデインの秘書になるよりも以前から、キットはローガン・デヴラルのもとで働いていた。仕事をしているときは切っても切れないふたりで、夜会でメモを取る必要があるときなどは、キットも夜までつきあった。そのローガン・デヴラルが、どこかの女性のためにキットを首にした。信じろというほうがむりだ。

「どうすればいいの？」キットは涙声ですがった。「もうすぐ家賃を払わなくちゃいけないし、車のローンもあるのに、退職金の話なんか出なかったんだから。行くところもなくて、仕事もなくて……」キットはふたたび泣きだした。

テスはキットの問題を考え、ヘレンの急な辞職に直面した事務所の問題を考えた。そして、ふたつの問題を一挙に解決できそうだと思いつき、にんまりした。

「キット、探偵になりたいと思ったことはない？」

ニックはようやくふたたび家路についた。今回は保釈中に逃げ出した被告人を追って、はるばるサンフランシスコまで行ったのだが、めあての人物はケーブルカーにひかれてしまった。路面電車のスピードを甘く見たため、鉄の塊の下敷きとなって即死したのだ。ニックの目の前でだった。まだ若く、ニックよりもずっと年下だ。ニックはこの出来事にひどく動揺し、人生のはかなさを痛感した。ちょうどルーシーを亡くしたときと同じだ。そこで、いっそうさめたあらたな目でこの世を見つめてみたら、いままで見えなかったことが見えてきた。おれもいつかは死ぬ。だが、死んだら、妹のほかにはだれが深く悲しんでくれる？　妻もなく、家族もなく、おれには愛する身内というものがない。いるのは、タビーだけだ。タビーは彼を愛したがったが、ニックがそうさせなかった。その彼がいま人間の死に直面し、いつまでも生きていられないことを思い知らされた。すべてが一瞬にして変わってしまった。

もうこれ以上、現実から目をそらすのは無意味だった。タビーはニックの人生の一部、ニックのしあわせには欠かせない存在だ。深い結びつきはごめんだなどと言いながら、そのじつ、ずっと深く結ばれていたようだ。タビーと愛し合って以来、ほかの女には目もくれていない。ほかの女など欲しくなかった。

問題は、ニックがじつにおろかな振舞いをしでかしたということだった。あんなふうにされて、タビーはどう思っただろう？　ニックは、彼女が自分のひどいことばにどう反応したかを思い出し、声をあげてうめいた。逆上して、おれに見せつけてやろうと、あのすまし屋のダニエルと結婚するのではないだろうか？　おれは冷淡に振舞って、すべてをぶち壊しにしてしまった。

　飛行機がヒューストンに着くと、ニックはタクシーで事務所に向かった。デインに報告をしてから、ヘレンのニュースを聞いたが、ぴんとこなかった。

「まだ、わからないの？」妹はいらだたしげに言った。「だから、わたしはハロルドと結婚して南アメリカの、ピグミーが住んでるジャングルへ行くの」

「ピグミーはアフリカだ」ニックがうわの空でぼそりと言う。

「じゃあ、首狩り族！」

「首にスカーフをまいて、しっかりとめとくんだな」ニックが忠告する。

　ヘレンは両手を振りあげた。「いったい、どうしちゃったのよ！」

　ニックは両手をポケットに突っ込んだまま、ヘレンを見つめた。ありがたいことに、自分のオフィスでふたりきりになれた。「タビーと話したか？」

「ええ。どうして？」ヘレンは小首をかしげた。

「様子はどうだった？」

「なんだかへんだったわ」

　ニックは青くなった。ヘレンの肩をぎゅっとつかんだ。「落ち込んで自殺でもしそうな感じか？」彼は問いつめた。

「まさか！」ヘレンはニックにけげんな顔を向けた。「じっさい、これまでにないぐらい、大人っぽくてしっかりした感じだったわ」

ニックは息を殺し、唇を開いた。「ヘレン、彼女は妊娠してるのか？」声はつまり、瞳には動揺の色が濃い。

ヘレンの頭のなかがぱっと明るくなった。つまり、そういうことなんだ！　ヘレンは目をまるくしてにんまり笑い、感慨深げに言った。「まあ、そうなの」

するとと、なんとニックが赤くなった。彼は両手をだらりとおろしてヘレンから離れ、窓のそとを見た。赤面するなんて、生まれてはじめてだった。「妊娠してたら、当然おまえに言うだろう？」

「妊娠してないわよ」こんなにあっさりと苦痛から放免するのなんてじつに残念。大きくて強い兄が一瞬弱くなる姿は見ものだった。

「この性悪女！」ニックはぱっと振り向いて、ヘレンをにらみつけた。「それを早く言えよ！」

「どうして？」ヘレンはきわめて理性的に言い返した。「タビーったら、なにも教えてくれないんだもの。兄さんのことをどうしてあんなにしんらつに言うか、わけが知りたかったの。もうほとんど、憎んでいるっていう感じね。心配なことはなにもないと伝えてくれって。わたしには意味がわからなかったわ」ヘレンはにやっとした。「でも、わかった」

ニックの顔がますます赤くなる。「調子にのるなよ」

「ごめん。で、結婚するの？」ヘレンはなおも食いさがり、厳しい目でニックを見つめた。

「タビーのようないい子は、誘惑して、はい、さよなら、っていうわけにはいかないのよ。非紳士的だわ」

「わかってる」ニックは重い口調でこたえた。「ほんとうに、あんなことをするつもりは——」

「うちの秘書をどこへやった！」大部屋のほうから、太い怒声が飛んできた。

ニックとヘレンが振り向くと、黒髪に黒い瞳の大男が、ふたりをにらみつけて立っていた。彼はグリーンのオーバーを着て、豊かな髪は濡《ぬ》れていた。日に焼けた肌が怒りでどす黒い。大きな手でドアを押さえ、もう一方に葉巻を持っている。

「キットなら、テスやデインと出かけましたけど」ヘレンがこたえた。

「なにをしに？」男が問いただす。

「お昼を食べに行ったんでしょ」ヘレンは肩をすくめた。「彼女になにかご用？」

「ご用だ」男はうなずいた。「あの女は出ていく前に予定表を隠して、パソコンまでめちゃくちゃにしていった。ぼくがキーを押すと、エラーメッセージしか出てきやしない！首を絞めてやる！」

ヘレンはニックと視線を交わしてから提案した。「ミスター・デヴラル、こうしませんか？　パソコンは、わたしが行って見てあげます。なにがいけないのか、たぶんわかるわ。それからキットのほうは、二時ごろに戻ってくるんじゃないかしら」

「ここへ？　なぜ？」またしても問いただす。

「うちで雇ったから」ヘレンがこたえると彼は口汚くののしり、ヘレンはびくっとした。

それからだいぶたってから、ヘレンはようやくのことでローガン・デヴラルを自分の事務所に帰した。かわいそうなキットを、こんなに激昂《げっこう》状態の彼に会わせるわけにはいかない。

パソコンのどこがいけないのかは、すぐにわかった。問題はローガン・デヴラルだった。パソコンの使い方を知らないのだ。ヘレンはものの数分で彼が求めている情報を引き出し、人材派遣会社に電話をして、秘書の仕事ができる、つぎなる生贄《いけにえ》の手配をした。そして、そそくさと逃げ出した。

一方のニックはアパートに帰ると、タバコを一本吸ってはまた一本と、えんえん吸い続け、しまいにはひどい咳《せき》をするようになってしまった。

彼はタバコの箱を床にほうって踏みつぶし、乱暴に受話器を取ってワシントンＤＣの番号を押した。

タビーはほんの一五分前に帰宅したばかりだった。コーヒーを飲みながら一日の疲れをいやしていると、電話が鳴った。

きっとダニエルがまた、本の資料集めを頼みたいんだわ。タビーはにやっとして、受話器を取った。もちろんかまわない。仕事をすれば、ニックが去ったあとのむなしさがまぎれるのだから。

「はい?」タビーはおかしくなって軽やかな口調で言った。

タビーの声に、ニックは胸がつまった。まるで、家に帰ってきたような気がする。ニックはアームチェアに深くもたれ、靴を脱ぎ捨てた。「やあ、タビー」

タビーは受話器を戻しそうになった。

「きらないでくれ」ニックが静かに頼んだ。「いやな思いをさせるつもりはない。ただ、知りたかったんだ」

「なにを?」言いだしにくくしてやろうと、そっけなくきく。

「おれの子供を身ごもっているかどうか」ニックはやさしくこたえた。

しばらく沈黙が流れた。「いいえ、子供はできていないわ。ヘレンに伝言を頼んだのに

……」

「ああ、聞いた」

「それなら、どうして電話してきたの?」

「誤解があるといけないからだ」ニックはさらりと言った。「調子はどうだい？」

「おかげさまで、とっても元気」タビーは苦々しく言った。

「おれがどうしてるか、知りたくないか？」ニックが自嘲《じちょう》ぎみに言う。

「頭を吹き飛ばされたとか、そのおめでたい心に白アリがわいたとかいうのなら、聞きたいけどね」ひややかにことばを返す。

「おもしろいことを言う」

「だから、とっても元気、って言ったでしょ？」

「そうだな。飛行機でここに来ないか？」

「なにをしに？」タビーはさめた口調できいた。

ニックはまわりを見て、自分のアパートががらんとして味気ないことにはじめて気がついた。ここには色も活気もない。「おれのアパートを飾ってもらおうかと思ってね。住みやすくするのさ」

「穴を掘って、ワニでいっぱいにしてやるわ」

「その毒気にはあてられそうだな」ニックはため息をついた。「だが、責められないな。おれは正真正銘の卑劣漢だったんだから。こんなのは言い訳だが、裏切られたような気がしたんだ。きみには、プライドにナイフを突き立てられても文句の言えないようなことをさんざんしておいて、裏切られたもなにもないけどね。おれは逃げたんだ。だが、どこへ行ってもきみがいた。きみを抱いてからほかの女には触れてないよ」ニックは静かに言った。「このさきもだ。もうほかの女には絶対に触れない」

タビーはためらった。こんなの、口先だけよ。口先の甘いことばに決まっている。自分にそう言い聞かせるには、激しい努力がいった。タビーは目をつぶった。「うまくいかないわよ。もう、あなたなんか欲しくないの。わたし……」タビーはなにか嘘《うそ》を探した。「わたし、ダニエルと結婚するの」

「ヘレンにはそう言わなかったはずだ」ニックは得意げだ。

タビーは荒い吐息をついた。「もう、死ぬまで絶対、ヘレンにはなにも教えない！」

「チケットを買って、こっちに来いよ」ニックが誘う声は甘く、さらにいっそう低くなった。「タビー、一緒に暮らそう」

タビーはええと言いそうになるのを、歯を食いしばってこらえた。心をそそられるような誘いだった。じっさい、ひどくそそられた。でも、男性と同棲《どうせい》するなんて、彼女の人生図にはあてはまらない。タビーの望みは結婚指輪と安定した結婚生活。そして子供。でも、ニックが与えてくれるのは情事だけだ。

「だめ」タビーはかすれた声であらがった。「それはできないわ、ニック」

「どうして？」これまで聞いたこともないような、やさしい声だ。

「うまくいかないもの。わたしは……熱烈な情事むきの女じゃないの。行かれないわ、ニック」

「情事?」

「玄関にだれか来たわ」震える声で嘘をつく。「きるわね」タビーはいったん電話をきると、受話器をはずした。

ニックは顔をしかめて、受話器を見つめた。情事なんて、いったいどこから出てきたんだ? おれが口にしたのはただ、こっちで一緒に暮らしてくれと……。

ニックははっとして額に手をやった。プロポーズもしないで、一緒に住もうなどと言ってしまった。愚かにもほどがある。将来の約束はいっさい口にしないで二度も誘惑したあとだ、信じてもらえなくて当然じゃないか? おれのタビーは、同棲などできない女だ。保守的すぎて、因習にとらわれない関係など考えられないのだ。

だが、この程度の誤解ならすぐとける。ニックはふたたび同じ番号を押した。話し中。その後何度かけてもつながらず、どうやらタビーは受話器をはずしてしまったらしいと気がついた。ちょうど、ワシントンDCを去る前の日に、ニックがしたのと同じだ。不思議と腹はたたなかった。タビーにも少しは復讐《ふくしゅう》の権利がある。

真夜中になるとニックもあきらめ、こんどは航空会社に電話した。解決の道はひとつしかない。直接会いに行くのだ。面と向かえば、タビーを説得できる確率も高くなるというものだ。

ニックは翌朝早くの便を取った。そして、デインにひとこと話すと、ヘレンとキットに見送られて事務所を出た。

「幸運を祈るわ！」ヘレンがニックの背中に叫んだ。

「ああ」ニックはぼそっと言った。「きっと、幸運が必要になるよ」

「あなたにもね」ニックと入れ違いに彼よりも背が高くて大きな男性が現れると、ヘレンはキットにつぶやいた。

キットは青くなったが、つんとあごをあげてローガン・デヴラルを迎えた。「戻る気はないわ。わたしに言わせれば、あなたなんか一生、自分でコーヒーをいれて、自分で入力すればいいのよ！」

「秘書が務まるのは自分だけとでも思っているのか？」ローガンがひややかに言う。「いまこの瞬間も新しい有能な秘書が、きみがめちゃめちゃにしていったぼくのファイルを整理してくれているんだ！」

キットの顔がこわばった。「あそこのファイルは、本を見て分類したのよ！　最新の分類法だわ！」

「冗談だろ？」ローガンはすっかりばかにしている。「それで、必要なファイルが一冊も見つからないというのは、どういうわけだ？」

「つづりのわかる人なら、簡単に探せるはずよ」キットもしんらつにやり返す。

ローガンの黒い瞳がきらめいた。彼は両手をスラックスのポケットに突っ込み、たくましい脚の両わきで広げるようなしぐさをした。頬骨の張った顔には、なんの感情も出ていない。

「きょう寄ったのは、きみが飛び出していくときに置いていった観葉植物のことでね。あれをどけてもらえるとありがたい」

「喜んで。あなたがいつも吸ってる、トウモロコシの皮の煙でだめになったら、かわいそうだもの」

「ぼくが吸っているのは輸入物の葉巻だ」

「あら、トウモロコシの皮みたいなにおいがするわよ」キットが愉快そうに言う。「新しい秘書があの悪臭に耐えられなくなったら、いちばん上の引き出しにマスクが入ってるから、教えてあげてね」

ローガンは大きく息を吸い込んだ。「ここでなにをするつもりなんだ?」まわりを見て、だしぬけにきく。「手紙の入力と電話番か?」

「いいえ」キットは胸を張った。「わたしは探偵になるの」ローガンが吹き出し、キットはまっ赤になって怒った。「やめて！　なにがおかしいのよ！」

ローガンは葉巻に火をつけ、首を振りながら出口のほうにあとずさった。「私立探偵嬢か。そのさきは聞かなくても想像がつくよ。きみは事務所を出るときに、車のキーひとつも見つけられないじゃないか。それで、どうやって失踪《しっそう》人を捜すんだ?」

「きっと、うまくなれるわ! 少なくとも、いつ噴火するかわからない、あなたにつきあわなくてすむんですもの!」

ローガンは肩をすくめた。「デインも気の毒に」彼は事務所を出てドアを閉めた。

「どうして首になったの?」ヘレンが眉をひそめた。「あなた、ずっとあそこで働いていたじゃないの」

「ボスのこんどの相手は前の恋人からなにもかもしぼりつくした女だ、って言ったの。彼女の前の恋人っていうのが、うちの近所に住んでいたのよ。彼、自殺未遂したわ」キットは顔をゆがめた。「だから注意したかったの。でも大失敗。いったんこうと決めたら、オリンポス山のお触れみたいなものよ!」キットは閉まったドアに向かって叫んだ。「いっいいい、いったん思い込んだら、耳が聞こえなくなるんだから!」

ヘレンはもうなにも言わなかった。だが、この確執は、まだまだ終わりそうにないと思った。

10

ニックはワシントンDCの空港でレンタカーを借りると、まっすぐ父の古い家へ向かった。土曜日だからタビーに家にいるだろう。ひとりでいてくれるといいが。ダニエルにはうろちょろされたくなかった。きょうは詮索《せんさく》好きな目のないところで、ふたりきりで話したい。前回、近所の人たちにおもしろい見せものを提供してしまったことを考えると、つくづくそう願わずにはいられなかった。

もちろんすんなりとはいかないだろう。それは覚悟している。なにしろタビーのプライドよりも、束縛されない自由を優先したのだから。タビーにはひどいことをしてしまった。もし、許してもらえなかったら、いったい、どうすればいいんだ？

ニックは家の前に車を停《と》めるとしばらくそのままで、タビーに会いに行く勇気をかき集めた。それから車を降りて隣の玄関に向かった。だが、ふと思いついて、裏口にまわる。

タビーは美しい体をいっそうきれいに見せるワンピースの水着姿で、狭いパティオの長椅子に寝そべっていた。タビーと愛し合ったときの感触を思い出し、むさぼるように彼女を見る。するとたちまち体が張りつめ、ニックはせっかちな自分に苦笑した。そうだ、驚かしたほうが有利にいくかもしれない。とにかくいまは、有利に持っていきたかった。

ニックは長椅子の足もとにまわり、ひょいとまたいで座った。タビーの目がぱっと開いてまるくなる。

「だれだと思う？」ニックはタビーの体にぴったりおおいかぶさった。

タビーは息が止まった。「ニック！」

ニックがにやっと笑い、タビーは彼をどけようとした。だが、ニックは動かなかった。長い脚をタビーの脚にからませてゆっくり素肌を愛撫《あいぶ》し、タビーの唇をとらえにいく。ニックはゆっくり、温かく、心がうずくほどやさしくキスをした。手はまだどこにも触れていなかった。

「まっ昼間よ」ニックが口を離して息をついだとき、タビーが甲高い声をあげた。ニックはおのれの熱情と彼女の激しい欲望に、すっかり圧倒されている。長かった。ニックがいなくて、タビーは寂しくてたまらなかった。タビーはうっとりニックを見あげた。

ニックはそのまなざしのぬくもりを見逃さなかった。「よかった。きみがどんなにきれいか、言ったことがあったっけ？」彼は静かにきいてにっこりほほえむと、ふたたびタビーの唇をおおった。「このうずきが止まったときにでも催促しろよ。タビー、おれの腰に手をまわしてくれ。痛くてどうにかなりそうだ」

「人が……」タビーはニックの口の下であらがった。

「みんな、テレビを見ているさ」ニックはささやくと、タビーの脚のあいだに体を沈めた。

「そう」声が震える。「そうだ、いい感じだろう?」ニックが体を押しつけ、タビーは息をのんで赤くなった。

その親密な感触は強烈だった。ニックは顔をあげると、もの憂げに腰を左右に揺らし、タビーがあえぐのを見守った。

「ニック、やめて」タビーは抵抗したが、結局あきらめた。ただ、ニックの顔をむさぼるように見つめながらも、プライドだけは守ろうと頑張った。「もう、どうして帰ってきたのよ!」タビーはみじめな声でなじった。「やっと、忘れかけたのに!」

「忘れられるものか」ニックは見すかしていた。「おれだってきみを忘れられないんだ。おれたちは離れられないんだよ。年越しパーティで、それを確信したんだと思う。だからおれはあれ以来、手がつけられなかったのさ」

「あなたはわたしと暮らしたいだけなのよ!」

ニックはひどくやさしいキスでタビーを黙らせた。「そうさ。おれが生きているかぎり。きみが生きているかぎりね。タビー、きみと結婚したい」ニックはタビーのゆるんだ唇にささやき、だんだんキスに力を込めていった。

ああもうだめ。夢が全部かなうのだ。タビーはもうまわりのものなど目に入らず、ニックにしがみついた。「でも、帰っちゃったじゃないの。電話にも出てくれなかった」タビーはささやいた。

「きみだって、ゆうべは出てくれなかった。だから、ちゃんと話を聞かせるために、はるばるここまで来るはめになった。ちゃんと聞いているか？」ニックはやさしくからかった。

「おれは永遠にきみが欲しい。前はそういう絆《きずな》を結ぶのが怖かったが、もう怖くない」真剣な表情で告げる。「きみがいとしのダニエルと床でころがっているのを見たら、一〇秒で確信が持てたよ」

「あなたが思っているようなことじゃなかったのよ。ダニエルのほうが、わたしにキスしたの」

「やつを責められないな」ニックはため息をつくと、わがもの顔でタビーの美しい体を眺めた。「あんなふうにきみを抱くのがどんな感じか、わかるからね。ただ、ひとつ違うのは、きみはおれのものだということだ」ニックはきっぱり言った。「おれはきみの最初の男だ。たったひとりの男だ。それに、きみの最後の男になるつもりでいる」

「放蕩者《ほうとう》が改心したわけ」タビーは笑って言った。

「改心した放蕩者ってのは、よき夫、よき父になるよ。結婚してくれたら、見せてやる」

ニックは固く口を結び、タビーの平らな腹部に熱い視線をそそいだ。「きみと子供を作るというのも、悪くないような気がする。じっさい……」ニックはタビーの目を見ながら、大きなしなやかな手を腹部にのせた。「興奮してくるよ。見たいかい？」

そのとき、隣家の主人が芝刈りを始め、タビーはせき払いをして起きあがった。それというのも、その男は芝刈り機を見ないで、タビーばかり見ているからだ。「やめておいたほうがいいみたい」タビーは男のほうをちらっと見て言った。

ニックは顔をあげると、その男をきっとにらみつけた。隣家の主人はたちまち、奥さんの花壇を刈りはじめた。

「ちょっと恥ずかしいじゃないの！」

「きみをじろじろ見ているのが気に食わない」ニックは所有欲むき出しだった。

「あなたが嫉妬《しっと》ねえ」

「抑えられないんだ。きみはおれのものだからね。大晦日《おおみそか》のあと、おれはきみと距離を置こうとした。おれに及ぼすきみの影響が強烈すぎて、どっぷりつかるのが怖かったんだ。だが、ここへ帰ってきたら、もうだめだった。公園では、なるべくしてああなったんだと思う」ニックはタビーの表情にひるんだ。「なによりも、それを後悔している。だが、あとのことは後悔してないよ」と、熱っぽく言いたす。「一緒に過ごしたあの晩は、これまでで最高にすばらしい夜だった」

ニックのことばがタビーの心にしみていった。「でも、あなたは行っちゃったわ」

「しかたがなかったんだ。嫉妬のあまり、ダニエルをやっつけることしか考えられなかったからね。そのころには、たんなる体の欲望だけじゃないのはわかっていた。だが、おれはもうきみに愛想をつかされたと思ったんだ。きみを説得するのが怖かったのかもしれない」ニックは本音を打ち明けた。「このさき一生、女はきみだけという決心がつかなかったんだ。だが、いまは違う」彼は静かに言いきった。「もう迷いはないよ」

「わたしが妊娠してないのは知っているでしょ」タビーがだしぬけに言う。「ヘレンにも言ったわ」

「ああ」ニックはかすかにほほえんだ。「あの気まずい思いは、とうぶん忘れられないね。だが、念のために言っとくけど、子供は欲しいよ。まだできてなくて、よかったとは思うが」

「ええ」ニックは真顔になった。「子供は偶然にできるべきじゃないんだ」

「ええ」タビーは静かな笑みをたたえて同意した。「ふたりの人間に望まれてできるべきだわ」

ニックはタビーの髪にそっと触れた。「それに、結婚してからできるべきだ」

「ええ」

「つまり、そういうことだから」と、ニックはタビーの唇にささやいた。「まず結婚してから、子供作りにかかろう」ニックはタビーをやさしく抱いて、彼女の息がきれるまでキスをした。「きみのことは、ほんとうに大切に思っている」彼はかすれた声で告白した。

「それはわかってるだろ?」

大切に思うのは愛ではないが、これも最初の一歩だ。ニックは自由な生活をあきらめてまで、タビーを望んでいる。これは大きな賭《かけ》だが、彼のいない生活がどんなものかはもう味わった。けっして、心地よいものではなかった。

「いつか、わたしと結婚したのを後悔するかもしれないわ」タビーは心配になった。

「それは両方に言えることだ。結婚生活は自分たちで作っていくものだよ」

「まあ、そうね」

「大学をやめて、ヒューストンに住むのはどう?」

タビーがびくっとする。「考えたこともなかったわ」彼女は困惑した。これまで多くの時間を費やしてきたし、いつの日か学科の主任になれるかもしれないのだ。あきらめるものが大きすぎる。

それを見て、ニックが静かに笑った。「いまのはなしにしよう。あまり、乗り気じゃなさそうだな。じつを言うと、ヒューストンには少し飽きてね。ここに帰ってきたいんだ。この界隈《かいわい》なら、私立探偵の用も充分ある。FBI本部も近いしね」

タビーが恐怖に顔をひきつらせた。

ニックはその顔をそっと撫《な》でた。「FBIには戻らないよ。たしかに、捜査の仕事は好きさ。だが、年がら年じゅうきみを心配させたくはない」

タビーは心が軽くなった。「でも、わたしはやめてくれなんて言わないわよ」

「わかってる。だが、きみをびくびくさせてばかりになるはずだ」

「あなたを愛しているもの」タビーはかすれた声で言い、目をそらした。

ニックは全身が震えた。驚きの表情でタビーを見る。「いまでも？　あんなにきみを傷つけたのに？」

「愛は減ったりしないものよ。どんなめにあっても、たいてい生き残るわ。それより、わたしはブロンドでもなければ、洗練されてもいない」タビーはニックに念を押した。「うまく人と合わせられないかもしれないわ。大学教授タイプの人間は、仕事柄ひとりに慣れているし、慣れた環境でないと落ちつかないの」

「おれが法学部卒業だということを忘れているぞ」ニックはタビーの額をそっと唇でかすめた。「法律家もまじめタイプが多いんだ。ほんとうのことを言うとね、おれは何年も前から退屈な男だと思われているんだ。デートしたほとんどの子は、おれにテレビで見るようなさっそうとしたヒーローを期待した。だが、残念ながら、おれは全然違う。派手じゃないし、しゃべれば過去の有名な事件の話になる」

「わたしもE・S・ガードナーの本をよく読むわ」タビーが打ち明ける。「ガードナーも弁護士だったのよ」

「知ってる。おれもペリイ・メイスンの熱烈なファンなんだ」ニックは体を離し、温かいまなざしでタビーの瞳を見つめた。「ほら、ほかにも共通点があるじゃないか。おれは子供も好きだ」

タビーは焦がれる思いを込めてほほえんだ。「うまくいくのね？」声が自信なげになる。

「つまり、その、望まないことを、強いられているような感じはないのね？」

「おれはこのさき一生、毎晩きみの腕のなかで過ごしたいんだ」ニックが率直に言う。

「きみを抱いて、愛して、きみがおれにとってどれほど大切か見せてやりたいんだ。これでも強いられていると思うか？」

「いいえ、本気で言っているのならね」

「本気だ」ニックは燃えるようなまなざしでタビーを見つめ、熱っぽく言った。「これまでなかったぐらい本気だ」

「ただ、わたしが欲しいというだけじゃないのね？」タビーはなおもきいた。

ニックはタビーをそっと放すとローブを着せた。そして、大きな手でタビーの手を大事そうに包み込み、彼女を見ないようにして裏口に向かった。

ドアを開けて、タビーをなかに入れる。「コーヒーをいれてくれないか？　空港からまっすぐここへ来たんでね」

「いいわよ」タビーはキッチンへ行って、ポットでコーヒーをわかした。指がうまく動かない。「請求書をもらってないわ」声も震えた。「送ってって言ったのに」

「請求書?」ニックは首を振った。「タビー! 気は確かか?」

タビーはニックにほほえんだ。「きっと変になったんだわ。あなたはわたしにとって、どうしても治せない依存症のようなものだから」

ニックは両手をポケットに突っ込んで誘惑と闘った。カウンターに寄りかかり、タビーが戸棚からカップとソーサーを取り出すのを眺める。「きみはキッチンにいると、ほんとうにくつろいで見えるな。髪をおろせよ」

突然のことばに、タビーが振り向いた。

「背中に髪がかかっているほうがいい」ニックがしみじみと言う。「おれの好みが長い髪なのを知ってて、わざときつくまるめているのかと思ったよ」

タビーは恥ずかしそうに笑った。「そうかもしれないわ」

髪をほどいて頭を振ると、自然に波打つ髪が肩にはらりとかかった。

ニックがうなずく。「そのほうがいい」それから、タビーをにらんだ。「ダニエルとキスしてた晩も、きみは髪をおろしてたぞ」

「わざとじゃないわ」

ニックはため息をついた。「そうか。それにしても、きみがいなくて寂しかったよ。前は家庭生活なんてぞっとすると思ったものだが」肩をすくめて苦笑する。「ひとりのほうがもっとぞっとする」

「わたしもよ」タビーはスプーンをもてあそんだ。

ニックは背中をそらしてカウンターから離れると、タビーの腰をつかんでゆっくり引き寄せた。「最初はおれもやりにくいと思う」真剣な面持ちだった。「おそらく、きみもそうだろう。自分のやり方に慣れたこの年になって、だれかと一緒に暮らすのは容易じゃないからな。だが、きみにやる気があるなら、おれもやる」

「ニック、わたし、まだ確信が……」

ニックはタビーのあごをすくいあげた。「きみはおれを愛している。それだけで充分確信できたはずだよ」彼はにっこり笑った。「さあ、キスしてくれ。それからコーヒーを飲んで、計画をたてよう」

ふたりはそのとおりにした。だが、数日後、アダムズが風邪で倒れたためにニックがヒューストンへ戻ることになり、タビーは胸がつぶれるような別れを強いられた。でも、あと三日すれば結婚式。タビーがヒューストンへ行って、ヘレンを花嫁の付き添い人《ブライズメイド》に、ニックがほんのときたま出席している長老派教会で式をあげるのだ。

「寂しくて死にそう」空港まで見送りに行ったタビーはうめいた。ふたりはこの数日間、たがいにふたたび一から知り合い、魔法にかかったような、新しい発見と喜びの時を過ごした。だが、ニックが最初に約束したように、肉体のうえでの結びつきがなく、タビーもニックに劣らないほどの欲望を感じていたため、苦痛の数日間でもあった。ふたりは軽いキス以外は我慢し、ふたりきりにならないようにして、なんとか決心を貫いた。

「あっというまに、きみもヒューストン行きに乗っているさ。その間、おれは仕事をして新人教育だ。キットが本気でおれとヘレンのやめたあとを継ぐ気なら、特訓しないとね」

「きれいな人？」タビーが心配そうな目でうかがう。

「そこまで気がつかなかったよ」正直なこたえだった。「キットはもう何年も、ローガン・デヴラルに首ったけなんだ。だが、その絆を断ち切って、つらい思いをしているようだ。あの子を見ていると、きみがおれのせいで胸を痛めていたのがわかるような気がしてくる」ニックはまじめな表情で言った。「そんな思いはもう絶対させない」

「ほんとうに？」タビーが静かにきく。「お情けで結婚してくれるんじゃないのね？」

ニックはちらっと搭乗口のほうを見た。ファーストクラスの搭乗がそろそろ終わるころだ。ニックはつぎだった。「もう、行かないと。いや、お情けじゃない」ニックはタビーの目をまっすぐ見つめると、大きく息を吸い込んで思いきり、声を押し殺して吐き出した。

「愛しているんだよ。ほら。とうとうおれに言わせたな。これで満足か？」

タビーの顔が輝きだす。飛行機のてっぺんで踊りだしたい気分だった。「ニック」タビーはささやいて、ニックの胸に飛び込んだ。そして、彼の膝がくずれそうになるほどのキスをした。

「やめろよ」ニックは息をつまらせて、タビーを押しやった。なんと彼はまっ赤になり、ほかの乗客に背を向けて興奮を静めようとした。

「あらあら」タビーがわけ知り顔でにこにこする。

ニックはタビーをにらみつけ、ぶつぶつ言った。「にやにやするな。にやつく女は嫌いだ」

「しかたがないわ。わたしいま、危ない気分なの」タビーはのどの奥で低くうなった。「床にころがって愛し合いましょうよ」

ニックは声をあげてうめいた。「おれはヒューストンへ帰るんだ。もう行く!」ニックはバッグを持ってうまく前を隠した。「あさって、待ってるからな」

「ええ、行くわ」タビーはすました顔で、ニックに流し目を送った。「黒いレースのネグリジェを買ったのよ。すけすけなの」

ニックはタビーにすばやくキスして、走りだした。

「意気地なし!」タビーが叫ぶ。

ニックは振り返ってにやっと笑うと、乗降用通路を走っていった。やがてその姿が見えなくなり、タビーはニックの告白を、大切なテディベアのように抱き締めた。そして、ふわふわと地につかない足取りで、駐車場に向かった。

11

それから一〇〇年もたったと思われる日――じっさいにはニックがヒューストンに帰った日の三日後――ニックとタビーは地元の長老派教会で内輪だけの結婚式をあげ、夫婦となった。

テスとデイン、ヘレンとハロルドをはじめ、事務所の連中は全員集まった。キット・モリスはテスと一緒に来た。あいかわらずやつれた青い顔をしているが、キットは調査員の仕事にすんなりとなじみ、ニックは非常に満足していた。キットのボスの損失は、事務所の利得だった。それというのもキットはたいへんに感じがよくて、その話し方にはどこか、きかれた者に思わず喜んでしゃべらせてしまう力があった。また、ごく自然に同情することができ、内には鋼鉄のような力を秘めている。ニックはローガン・デヴラルを気の毒に思った。あの男は宝を手放してしまったのだ。

披露宴のあとで、キットは師にお祝いを言いに来た。「おふたりとも、しあわせにね」

それから、ブルーの瞳に柔らかな温かい光をたたえてタビーに言った。「ニックはいい人だわ」

「ありがとう」タビーはほほえみ返した。柔らかみを帯びた、白のウエディングドレスをまとったタビーは美しかった。袖《そで》はジュリエットスリーブで、V字にくれた胸もとにはレースの縁取りがしてある。ベールは透き通るような白の長いレースで、ニックがキスの前に震える手でそれを上にあげた。いまは小粒の真珠をちりばめた花冠の上に、ふわりとかかっている。

なんてきれいなんだ。ニックはすでに二〇回ほどそう言った。そして、いまもまたくり返している。

「もう行こう」彼は声をひそめて言った。「飢え死にしそうだ」

「ケーキが余っているわよ」タビーがそっけなく言い返す。

ニックの瞳がいっそう黒みを帯びた。「ケーキよりもっと甘くてすばらしいものでなければ、収まりそうにないんだ。きみは大丈夫かい？」

タビーは体を震わせ、うっすらと唇を開いた。「わからない。でも、喜んで試してみるわ」

すると、ニックがほのかに上気した。「行こう。早くきみをひとり占めにしたい」

ふたりは手をつないで、みんなに別れを告げた。ハネムーンはケイマン諸島だが、今夜は市内の豪華なホテルに泊まることになっている。ニックの運転でホテルに着くと、彼は荷物もそのままに、タビーを部屋へさらっていった。

「荷物が……」タビーが文句を言う。

「あとだ」ニックはタビーを引き寄せ、彼女の顔に熱いまなざしをそそいだ。「ずっと、ずっとあとだ。とうぶん服は必要ないからね。約束するよ」

ニックは美しいウエディングドレスをゆっくりはがしていき、タビーがどんなにきれいか、彼女をどんなに愛し、必要としているか、ささやき続けた。タビーはニックに導かれるまま、彼の体におずおずと手をのばしてどういうふうに触れるかを学び、いっそうの欲望をかき立てた。

数分後には、ふたりとも一糸まとわずにベッドで抱き合い、息がきれそうなほどの苦しい欲望に身もだえしていた。

タビーはすすり泣いた。ニックがゆっくり上になり、まなざしでタビーを押さえつけ、ゆっくり、やさしく体を沈めてくる。そのなめらかな絶妙な動きでふたりが完全にひとつになると、タビーはその感触にあえいだ。

ニックはタビーの唇をおおった。彼女の手で背中をくまなくなぞられ、うめきがもれる。ニックが動き、タビーも動き、ゆっくりと強烈で、甘く張りつめたリズムを生み出した。タビーはむせび、しがみつき、ふたりでこれまで経験したこともない高みへとあがっていった。あまりにゆっくりした動きにタビーは叫びだし、さらにもっと近づこうとした。でも、どんなにニックに近づいても、まだ近づきたりない。

やがて、ふたりは奥深くから身を裂くような痙攣《けいれん》につかまり、震える悲鳴をあげた。ニックは動くのをやめたが、体の痙攣は止まらなかった。止められなかった。まっ赤に燃える波に身をゆだね、ニックは大きく震えてタビーの名を叫んだ。

タビーはその後しばらく涙が止まらなかった。余韻にひたってニックを抱き締め、がっしりした体のぬくもりと汗と重みを心に刻んだ。

「死ぬかと思った」タビーはニックの肩ごしに天井を見つめ、とぎれがちな声でささやいた。

「だからフランス人は失神することを〝小さな死〟と言うんだ」ニックは顔をあげて、タビーの大きな目をじっと見た。そして、まぶたにキスをし、舌先で濡《ぬ》れて刺すような濃いまつげをなぞった。「こんな深い思いを味わえるなんて、知らなかった」

タビーは目を開けると意外そうに言った。「あなたは経験が豊富だと思ったけど」

「これまで、だれも愛したことがないからさ。きみが相手だと……肉体的というより精神的なんだ。おれはきみを愛した。きみもおれを愛した。ふたりで目に見えないものを表現したのさ」ニックは驚嘆のまなざしを浮かべ、タビーの顔に触れた。「きみにもっと近づきたくて、死に物狂いになったよ。でも、それでもまだ近づきたりなかった」

「ええ」タビーもニックと同じように心を打たれていた。「わかるわ」

んだからな」

ニックはひとつ息を吸い込み、震える声で笑った。「これでまだ始まったばかりという

ニックは怖いんだわ！　これはそういう表情だ。タビーはそっと彼に触れた。「大丈夫。ずっとあなたと一緒にいるわ。死ぬまであなたを愛している」

ニックの体が張りつめ、顔がこわばった。タビーはその意味を悟った。

顔をあげてキスをする。ニックのまぶたに、頬に、鼻に、あごに。そして彼の唇に、そっと約束のキスをする。「わたしはだれかに撃たれるようなむちゃはしないわ」タビーはささやいた。

ニックは声にならない声を出し、まるで命がけでつかまるようにきつく、痛いほどきつくタビーを抱き締めた。「きみがいなくなったら、おれはきっと生きていけない」ニックは声をつまらせた。

「ああ、ダーリン、わたしは絶対にいなくなったりしない！」タビーはニックの想《おも》いの深さを知り、体を震わせた。「絶対よ……ニック、愛して！」

タビーはニックにキスをし、腰を動かし、一瞬にして彼を狂乱の淵《ふち》に押しやった。ニックはわれを失い、荒れ狂うほどの欲求に駆られてタビーを抱き、ほとんどすぐに彼女を満たした。そして、たくましい体が充足を得て震えだすまで、何度も、何度もくり返した。

ニックは全身を痙攣させ、首筋を震わせ、激しく毒づいた。体を大きく浮かせると、そ

の顔がタビーに見えた。ニックはタビーの視線を感じていたが、やがてほんの一瞬、耐えられないほどの強烈な快感に目の前がまっ暗になり、意識を失った。

タビーはニックの顔をのぞき込み、震える手で触れた。「ニック？　ああ、ニック、大丈夫？」

ニックの目が開く。彼はひどく青い顔をして、激しい緊張の名残に体を震わせていた。

「ここまで感じないように、自分を抑えていたのに」ニックはつぶやいた。

「ええ、知ってたわ」タビーはほほえみ、彼のまぶたや口にキスをした。「とっても愛しているの」涙に声がつまる。「あなたに望んでもらえなくて、死にそうだった……」

ニックはうめいてタビーを引き寄せ、熱い想いに駆られてキスをした。「愛してる。ずっときみを愛していた。でも、怖かったんだ。おれがどういうふうになるか見ただろ？」

ニックは自分の無力を笑った。「きみになにもかもあげたくて、こんな姿を見せたんだ。きみのためならなんでもできる。おれはきみのものだ！」

ニックは自分がタビーの前では無力になることを知って、ひどく動揺しているようだ。まるで、めめしく感じているかのように。そんなのだめよ！

タビーはニックの胸で頬ずりした。「休んだら、もう一度試してみましょう。こんどはあなたがわたしを見て。わたしもあなたのように、すっかりなすがままなのよ。わたしたちは、まったく同じものを感じているの。恥ずかしがったり、卑下するようなことじゃないわ」タビーはほほえんだ。「ニック、それが愛よ。相手を圧倒して、支配してしまうの。でも、ひとりで楽しんだりはしない。わたしは、あなたがそこまで想ってくれるだけで、しあわせなの。絶対に後悔させない。約束するわ」

ニックの息づかいが正常に戻り、無力な時がゆっくり過ぎていく。彼はタビーの長い髪をやさしく撫《な》で、体の力を抜いた。「きみもそういう感じがしたのか？　おれが満たしたとき、気を失いそうになったのか？」

「もちろんよ！」タビーは顔を起こして、しげしげとニックを見た。「気がつかなかったの？」

「きみを見るどころじゃなかった」ニックは静かにこたえた。「すっかり舞いあがっていたんでね」

タビーはにっこり笑った。「じゃあ、このつぎね」

ニックの瞳が和らぐ。「そこまで自分を抑えられたらね」彼は皮肉っぽく返した。

「時間は一生あるわ。生きてるかぎり、感じて、わかち合って、愛して、一緒に過ごすの。すべてをなげうってでもね」タビーはささやいた。「それが、本気でだれかを愛する唯一の方法よ」

「ああ、そうだな」ニックは燃えあがる瞳で、タビーの顔を見つめた。一糸まとわぬタビーの腰に手をかけ、自分の上に引きあげる。「おれはずっと逃げていた。だれかを大切に思ったら、さっきのように、欲望と愛のために無力になるのがわかっていたんだ。それに、もしきみを失ったら……」ニックは深く息を吸い込んだ。「いつのまにか、ルーシーが死んだことに影響されていたらしい。だが、頭が正常に戻ってきたと思うよ。人生に保証なんてないんだ。あるのは愛だけ。おれたちにはその愛がある。愛があるんだ！」ニックは熱っぽく言った。

「永久にね」タビーはもう一度ニックにキスをした。

ニックはベッドカバーを半分引きあげた。いまのニックは深い絆《きずな》に結ばれている。いやな感じはしなかった。じっさい、天国にいるような気分だ。タビーの寝顔を見ながら、そう思った。ニックは目を閉じて、そのまま身をゆだねた。おかしなものだ。なんだか急にとらわれの身も、自由の身も、同じに思えてきた。起きたら、よく考えてみよう。いまは、一分でも長く、夢のなかにいたかった。ニックは妻を抱く手にそっと力を込め、眠りのなかで笑みを浮かべた。

●本書は1993年8月に小社より刊行された作品を文庫化したものです。

この恋、揺れて…
2025年4月1日発行　第1刷

著　者　ダイアナ・パーマー

訳　者　上木さよ子（うえき　さよこ）

発行人　鈴木幸辰

発行所　株式会社ハーパーコリンズ・ジャパン
東京都千代田区大手町1-5-1
04-2951-2000（注文）
0570-008091（読者サービス係）

印刷・製本　中央精版印刷株式会社

Printed in Japan © K.K. HarperCollins Japan 2025 ISBN978-4-596-72654-4

3/5 刊行

二人の富豪と結婚した無垢

家族のため、40歳年上のギリシア富豪と
形だけの結婚をしたジョリー。
夫が亡くなり自由になれたと思ったが、
遺言は彼女に継息子の
アポストリスとの結婚を命じていた！

(R-3949)

USAトゥデイのベストセラー作家
ケイトリン・クルーズ意欲作！
独身富豪の独占愛

4/5 刊行

城主とずぶ濡れのシンデレラ

美貌の両親に似ず地味なディオニは
片想いの富豪アルセウに純潔を捧げるが、
「哀れみからしたこと」と言われて傷つく。
だが、妊娠を知るとアルセウは
彼女に求婚して…。

(R-3958)

ハーレクイン文庫

「情熱のシーク」

シャロン・ケンドリック／片山真紀　訳

異国の老シークと、その子息と判明した放蕩富豪グザヴィエを会わせるのがローラの仕事。彼ははじめは反発するが、なぜか彼女と一緒なら異国へ行くと情熱的な瞳で言う。

「一夜のあやまち」

ケイ・ソープ／泉　由梨子　訳

貧しさにめげず、4歳の息子を独りで育てるリアーン。だが経済的限界を感じ、意を決して息子の父親の大富豪ブリンを訪ねるが、彼はリアーンの顔さえ覚えておらず…。

「魅せられた伯爵」

ペニー・ジョーダン／高木晶子　訳

目も眩むほどハンサムな男性アレクサンダーの高級車と衝突しそうになったモリー。彼は有名な伯爵だったが、その横柄さに反感を抱いたモリーは突然キスをされて——？

「シンデレラの出自」

リン・グレアム／高木晶子　訳

貧しい清掃人のロージーはギリシア人アレックスに人生初の恋をして妊娠。彼が実は大実業家であること、さらにロージーがさるギリシア大富豪の孫娘であることが判明する！

「秘密の妹」

キャロル・モーティマー／琴葉かいら　訳

孤児のケイトに異母兄がいたことが判明。訳あって世間には兄の恋人と思われているが、年上の妖艶な大富豪ダミアンは略奪を楽しむように、若きケイトに誘惑を仕掛け…。

「すれ違い、めぐりあい」

エリザベス・パワー／鈴木けい　訳

シングルマザーのアニーの愛息が、大富豪で元上司ブラントと亡妻の子と取り違えられていた。彼女は相手の子を見て確信した。この子こそ、結婚前の彼と私の、一夜の証だわ！

ハーレクイン文庫

「百万ドルの花嫁」
ロビン・ドナルド／平江まゆみ　訳

18 歳で富豪ケインの幼妻となったペトラ。伯父の借金のせいで夫に金目当てとなじられ、追い出された。8 年後、ケインから 100 万ドルを返せないなら再婚しろと迫られる。

「コテージに咲いたばら」
ベティ・ニールズ／寺田ちせ　訳

最愛の伯母を亡くし、路頭に迷ったカトリーナは日雇い労働を始める。ある日、伯母を診てくれたハンサムな医師グレンヴィルが、貧しい身なりのカトリーナを見かけ…。

「一人にさせないで」
シャーロット・ラム／高木晶子　訳

捨て子だったピッパは家庭に強く憧れていたが、既婚者の社長ランダルに恋しそうになり、自ら退職。4 年後、彼を忘れようと別の人との結婚を決めた直後、彼と再会し…。

「結婚の過ち」
ジェイン・ポーター／村山汎子　訳

ミラノの富豪マルコと離婚したペイトンは、幼い娘たちを元夫に託すことにする――医師に告げられた病名から、自分の余命が長くないかもしれないと覚悟して。

「あの夜の代償」
サラ・モーガン／庭植奈穂子　訳

助産師のブルックは病院に赴任してきた有能な医師ジェドを見て愕然とした。6 年前、彼と熱い一夜をすごして別れたあと、密かに息子を産んで育てていたから。

「傷だらけのヒーロー」
ダイアナ・パーマー／長田乃莉子　訳

不幸な結婚を経て独りで小さな牧場を切り盛りし、困窮するリサ。無口な牧場主サイが手助けするが、彼もまた、リサの夫の命を奪った悪の組織に妻と子を奪われていて…。

ハーレクイン文庫

「聖夜に降る奇跡」

サラ・モーガン／森　香夏子　訳

クリスマスに完璧な男性に求婚されると自称占い師に予言された看護師ラーラ。魅惑の医師クリスチャンが離婚して子どもの世話に難儀していると知り、子守りを買って出ると…？

「虹色のクリスマス」

クリスティン・リマー／西本和代　訳

妊娠に気づいたヘイリーは、つらい過去から誰とも結婚しないと公言していた恋人マーカスのもとを去った。7カ月後、出産を控えた彼女の前に彼が現れ、結婚を申し出る。

「氷の罠と知らずに天使を宿し」

ジェニー・ルーカス／飛川あゆみ　訳

グレースがボスに頼まれた品が高級車のはねた泥で台なしに。助けに降りてきた大富豪マクシムに惹かれ、彼がボスを陥れるため接近してきたとも知らず、彼の子を宿し…。

「愛を捨てた理由」

ペニー・ジョーダン／水間　朋　訳

ケイトの職場に、5年前別れた元夫ショーンが新社長として現れた。離婚後、ひそかに産み育ててきた息子の存在を知られまいと退職願を出すが、彼が家に押しかけてくる！

「ひとりぼっちの妻」

シャーロット・ラム／小長光弘美　訳

キャロラインは孤独だった。12歳年上の富豪の夫ジェイムズが子を望まず、寝室も別になってしまった。知人男性の誘いを受けても、夫を深く愛していると気づいて苦しい…。

「離れないでいて」

アン・メイジャー／山野紗織　訳

シャイアンは大富豪カッターに純潔を捧げたが弄ばれて絶望。彼の弟と白い結婚をしたが、寡婦となった今、最愛の息子が——7年前に授かったカッターの子が誘拐され…。